竜王サマ、この結婚はなかったことにしてください！

葛城阿高

B's-LOG BUNKO
ビーズログ文庫

Contents

人物紹介
Character
ヴィルヘルム・フロイデンベルク
ルルイエ幻獣研究所所長。竜研究の第一人者。年齢不詳の美貌の博士だが、その正体は――!?
ティナ・バロウズ
幼い頃に出会った竜との思い出が忘れられず、幻獣の研究員に。ヴィルヘルム博士に強い憧れを抱い……ていたはずだった。

ティナを救ってくれた、
白い鱗を持つ竜。

フレデリック・バロウズ

ティナの兄。病弱だったティナを過保護なまでに溺愛している。バロウズ家の後継者で容姿端麗。

ミミ・ゴルドフィン

学生時代からのティナの親友。研究に没頭するティナのよき理解者。

コックス
ティナの研究所チームの室長。

ルノー
ティナの先輩。ティナをやたらこき使う。

デンゼル
ティナの先輩。クール女子。

Ryuousama,
konokekkon ha nakattakoto ni
shitekudasai!

イラスト／春が野かおる

プロローグ

一角獣《ユニコーン》、鷲獅子《グリフィン》、双頭犬《オルトロス》。

この世界には「動物」とは一線を画する、不思議な生物が存在している。我々はそれらを「幻獣《げんじゆう》」と呼んでいる。

幻獣の個体数は非常に少なく、また、警戒心《けいかいしん》の強い彼《かれ》らは人間から隠れて暮らしているため、我々の生活圏《せいかつけん》では滅多《めった》にお目にかかれない。

けれど私は子どもの頃《ころ》、出会ったことがある。

幻獣の中で最も稀有《けう》で、全ての幻獣を統《す》べるという、「竜《ドラゴン》」に――。

1 ヒロインと砂糖と先輩と

「ああ、最高……。旧約聖書《きゅうやくせいしょ》の冒頭《ぼうとう》で天地創造のあとすぐ砂糖を作っちゃう神様の気持ち、今の私にはよく分かる……」

どんなにグッタリしている時でも、甘《あま》いものを食べた途端《とたん》、疲《つか》れがフワッと飛んでいく。世界を創った神様もきっと「六日間頑張《がんば》った自分へのご褒美《ほうび》」とか言って、七日目の安息《あんそく》日《び》には甘いデザートで疲れを癒《いや》したことだろう。

今、私の目の前にあるのは、買ってきたばかりのドーナツの山。

小麦粉と卵と砂糖で生地《きじ》を作って、油で揚《あ》げる。そこにたっぷりチョコスプレーや粉砂糖を振《ふ》りかけて、気まぐれにシャンテリークリームを挟《はさ》んじゃったりなんかして。

自宅アパートでは作らない。キッチンストーブを油まみれにしたくないし、片付けだって面倒《めんどう》だし、そもそも、買ったほうが美味《おい》しいし。

神様、あなたもこれを召《め》し上《あ》がったことがありますか？　ケーキよりもずっしりとしていて、小腹どころか大腹まで満たしてくれる、たいへん罪深き食べ物を。

「私の知る限りでは、旧約聖書には神が砂糖を作ったなんて書いてなかった気がするけど」

私の現実逃避《とうひ》劇場を台無しにするのはいつもミミ。学生時代からの友人だ。

「ミミも砂糖の原料を知っているでしょう、サトウキビよ？　木みたいなもんよ？　あんなイネ科の植物を搾《しぼ》ったら甘い砂糖ができるなんて、神様以外には気づけないはず。……いや、まず神様はどうしてサトウキビを砂糖の原料にしようとしたのかしら。塩みたいに海水を煮詰《につ》めて出来上がるようにすれば、もっと分かりやすいものを……いやいや、そうすると煮詰めてるうちにこんがり焦《こ》げたカラメルソースになっちゃうかも。それはそれで魅力的《みりょくてき》だわ……」

「ティナ……科学者のあんたが『神様』なんて非科学的なものを信じていてもいいの？」

呆《あき》れたような物言いに、私は肩《かた》を竦《すく》めてみせた。

「まさか！　進化論も地動説《ちどうせつ》も、否定する気なんてない。ただ、砂糖に関しては、神がかり的な癒しを感じているというか、悪魔的《あくまてき》な中毒性を感じているというか」

「はいはい」

ミミは興味なさそうな返事をしながら、我が家の小さいテーブルにつき、私が買ってきたドーナツをかじっている。きっと彼女《かのじょ》も、この「砂糖」の誘惑《ゆうわく》には勝てないのだ。

そう、我々は砂糖に支配されている。

ココナッツパウダーをまぶしたドーナツはちょっと食べにくいものの、この歯ざわりが癖《くせ》になる。ココア生地の黒に、ココナッツの白。色の対比もまた魅力的だ。

「……ティナ、ちょっとあなた、食べ過ぎなんじゃないの？　太るわよ？　そもそも二人の女子会でこの量のドーナツを買ってくるところ、率直《そっちょく》に言って正気を疑うわ」

一人当たり五個の計算はミミにとっては多すぎたようで、彼女から疑問の声が上がった。五個程度で食べ過ぎだなんて、むしろこっちが正気を疑いたいくらいなのに。

「大丈夫《だいじょうぶ》、私は日々、激務をこなしているのよ。カロリー消費量もそりゃあ凄《すご》いはずだから、一週間の総量で見ればカロリー過多になるはずないわ！」

「平日でもよく甘いものを食べているくせに？」

「……ミミ、どうしてドーナツは真ん中に穴があいているか知ってる？」

先ほどの彼女の指摘《してき》は聞こえなかったことにする。

「熱伝導《ねつでんどう》を均一《きんいつ》にするためとか、膨張《ぼうちょう》する生地を逃がすため、とか？」

ミミの論理的な回答に私は得意げに首を振り、新たなドーナツを顔の前に一つ掲《かか》げた。

中央の丸い穴からミミを覗《のぞ》き、自信を持って言い放つ。

「この穴はね、カロリー『ゼロ』を意味しているのよっ！」

ミミの眉《まゆ》がぴくりと動いた。

「……カロリーゼロ？　こんなにもたくさんグレーズがかかっているのに？」

「そうよ！」

「クリームがたっぷり挟んであっても？」
「もちろん！」
当然ながら、科学的根拠《こんきょ》はない。単なるおふざけの延長である。
「……さすが、ルルイエ幻獣《げんじゅう》研究所の研究員サマはおっしゃることが科学的だこと」
ちなみに、ミミも私と同じ研究所で働いているが、彼女は医務室の嘱託《しょくたく》救護員として
よそから派遣《はけん》されている。私たちは同じアパートに隣り合って住んでいるが、所属も業務
も給金体系もまるで違《ちが》うのだ。さらに付言《ふげん》するならば、ルルイエではドーナツの研究など
していない。
ミミが言う。
「親友としてアドバイスするわ。休みのたびにドカ食いしなきゃやってられないような仕
事、良家のお嬢様《じょうさま》には向いてないと思う。早々に見切りをつけるべきだわ」
「0《ゼロ》」から「C《シー》」の形に変わってしまったドーナツを片手に、とんでもない！　と私は拒《きょ》
否《ひ》する。
「それは呑《の》めない提案だわ。ルルイエ幻獣研究所は、私の敬愛するヴィルヘルム・フロイ
デンベルク博士が所長を務める研究所なのよ？　ルルイエに入るためにガリ勉したし、学
会誌だってなんだって幻獣に関する書籍《しょせき》なら手当《てあ》たり次第《しだい》に読《よ》み漁《あさ》ったし、何より、家族
を説得するのにどれだけ私が苦労したことか……！」

数十年前に貴族制度が廃止《はいし》されたとはいえ、それまで有していた資産までもが国民みなに配分されたわけではない。環境《かんきょう》や考え方も同じ。

下層階級の国民の間では、今も昔も女性や子どもが働きに出ることは珍《めずら》しくない。しかし上層階級は違う。女性が外で働くことは経済的困窮《こんきゅう》を意味し、恥《は》ずべきことだとする考え方が今も根強く残っている。

私の家、バロウズ家も元は貴族である。暮らしも裕福《ゆうふく》だったため、私が働きに出ることを家族に理解してもらうのは、たいへん骨の折れる作業だった。

私が働く目的は、実家からの独《ひと》り立《だ》ちと同時に、仕事にしたい「こと」があったからだ。

それはつまり……と喋《しゃべ》りに熱が入りきる前に、ミミがはいはい、と私をあしらう。

「知ってるってば、何度も聞いた。竜《りゅう》の研究がしたかったのでしょう？」

そう、私は竜の研究がしたかった。

竜が人間の前に最後に姿を現したのは、正式な記録では今から十九年前のこと。捕獲後まもなく死んだため、生きている姿を見ることは叶《かな》わないが、骨格標本だけなら、ルルイエ幻獣研究所の敷地内に併設《へいせつ》されている幻獣博物館に、今も実物が展示されている。観覧料も高くないので、研究者の道を志《こころざ》した時から、私は足繁《あししげ》く通ってきた。

「でも、せっかく憧《あこが》れの研究所に研究員として採用されたにもかかわらず、竜どころか、どの幻獣研究にもタッチさせてもらえてないんでしょう？　バイトでもしないような使いっ走りや雑用ばかりさせられてたら、入った意味がないわよ」

「うっ！　お、おっしゃる通りです……」

「しかも、憧れのヴィルヘルム博士、まだ一度も会えてないんでしょう？」

「そ、そうよ。面と向かって言われると、さすがの私でも辛《つら》いわ……」

いつも私の愚痴《ぐち》を聞いてくれるミミは、職場での私の立ち位置をかなり正確に把握《はあく》している。それどころか、彼女の方が研究所内の所員と接する機会が多いので、私よりよっぽど情報を持っている。


――新入り！　小腹が空《す》いたからビスケットを買ってこい。お茶も淹《い》れるんだぞ。

――新入り！　プランターに水やりをしておけ。草取りも忘れるなよ！

――新入り！　清潔な白衣の替《か》えはどこだ？　……はぁ？　まだ干してるだと⁉

朝日が昇《のぼ》り始める早朝、先輩研究員より一足先に出勤し、静まり返る研究所でまず私がすることといえば、所属研究室の掃除《そうじ》である。それが終われば幻獣管理棟《とう》に移動し、任された幻獣の餌《えさ》やり・掃除・健康チェック。

ちなみに、私が関わることを許されているのは、「第四級」と呼ばれる小型の幻獣まで。研究室ごとに管理する幻獣が割り振られているが、私の所属する〝コックス研究室〟が受け持つ幻獣のうち、第四級は全て私の担当となっている。第三級以上は新人には任せられないということで、先輩がたが飼育《しいく》している。幻獣の世話は嫌《いや》ではないので、時間があればもっと任せてもらっても喜んで引き受けるのだけれど。

日課が終われば研究室に戻《もど》る。その頃《ころ》には先輩研究員たちも出勤しているので、頃合いを見てお茶を出したりあれこれの雑多な言いつけ――私的なものも当然のように含《ふく》まれる――をこなし、しばしば理不尽《りふじん》に怒鳴《どな》られながらも、私は負けじと働くのだ。

昼食を食いっぱぐれることもあるし、雑用のせいで残業することも少なくない。

それでも、私がこの研究所にしがみつくのには理由があった。

幻獣を研究している施設は国内にいくつか点在しているが、その中でも最も長い歴史と実績を誇《ほこ》るのが、このルルイエ幻獣研究所なのだ。フロイデンベルク家の当主が研究所所長を歴任しており、またその所長も全員が全員、幻獣の研究――主に竜――で第一線に立つ素晴《すば》らしい研究者ばかり。今日《こんにち》の幻獣研究があるのは、ルルイエ幻獣研究所、フロイデンベルク家のおかげと言っても過言ではない。

特に、現所長であるヴィルヘルム・フロイデンベルク博士の功績は突出《とっしゅつ》して偉大《いだい》である。彼《かれ》は十九年前に捕獲した竜を対象に、何本もの優《すぐ》れた論文を生み出した。私が研究の道を志し、彼に憧れを抱くきっかけになった論文だ。

私が彼の研究成果に触《ふ》れたのは、十歳《さい》を越《こ》した頃だったか。

竜の登場する絵本や架空《かくう》の冒険譚《ぼうけんたん》では満足できなくなっていた私は、彼のとある著書を手に取った。それは、捕獲した竜の観察記録とそこから生まれた考察などを、論文を基《もと》に子どもにも分かりやすく再構成したエッセイ仕立ての一冊だった。ノンフィクションとして発表された書籍で、当時のようすが臨場感《りんじょうかん》たっぷりに記されていたことは、当時の私には衝撃的《しょうげきてき》だった。

いつ、どこで竜を見つけて、誰《だれ》が捕獲して、どのような交流を試みたか。どのくらいの大きさで、何を食べ、何を好んだか。そして、どのような最期《さいご》を迎えたか。人間の管理下で竜が生きた短い期間の記録とともに、博士の葛藤《かっとう》も記されていた。

人間が整《ととの》えた人工的な環境下《かんきょうか》では、竜は長く生きられない。自然界に返したいが、そういうわけにもいかない。ゆるやかに死んでいくのを、ただ見守ることしかできない――。

竜を含む幻獣研究は、人間社会の発展のためにあるべきだとする考え方が一般的《いっぱんてき》な昨今だが、博士の書籍や論文を読み漁った私には、彼が竜を単なる研究対象だと捉《とら》えているようには思えなかった。文字越しに窺《うかが》えたのは、純粋《じゅんすい》な探究心。それと、彼らを理解したい、寄《よ》り添《そ》いたいという気持ち。

竜の捕獲から数年間、ヴィルヘルム博士は怒濤《どとう》のように何本もの論文を世に送り出した。しかしその後はパッタリと途絶《とだ》え、そして今に至っている。

意欲を失ってしまったのか、それとも単に研究対象としての新たな個体が捕獲できないから書けないだけなのか。研究所所員として採用されたにもかかわらず、まだ博士と会えていないままの私には分からない。ただ、博士は他の幻獣に関する論文の発表は変わらず続けているのだから、研究そのものに対する熱意を失ったわけではないのだろう。

彼が所長を務める研究所に入って半年。世界各地を研究のために飛び回ったり、研究所内や所属学会の論文の査読《さどく》に忙《いそが》しいうえ、経営に広報に資金集めにと博士が日々奔走《ほんそう》していることは知っている。

私の夢は、立派な研究員になって、ヴィルヘルム博士と同じように竜研究に携わること。だから今、不当な扱《あつか》いを受けているからと職を手放すことなんてできないのだ。


「ミミ、私、……頑張るから」

毎週末、甘いお菓子《かし》に頼《たよ》らざるを得ないとしても。

「下積み」と呼べるほどの仕事すら与《あた》えてもらえていないとしても。

それでも私は、逃《に》げたくない。諦《あきら》めたくなんかないのだ。

——これからだ。何かが始まるとしたならば、それはきっとこれからのはず。

口元についたドーナツのくずに気づかないまま、決意固く宣言する私を見て、ミミは少しも笑わなかった。釣《つ》り上《あ》がり気味の目を細めて、満足そうにゆったりと頷《うなず》く。

「そうね。それでこそ私の友人よ。私だって諦めたりなんかしないわ」

「諦めないって……もしかして兄さんのこと？」

「そうよ、悪い？　私はずっとフレッド一筋なんだもの」

「別にいいけど、わざわざ妹の私に宣言しなくても」

ミミは学生時代、私の兄に一目惚《ひとめぼ》れをした。今もその恋《こい》は片思いのまま継続中《けいぞくちゅう》とのことである。ちなみに、妹の私が知る限りでは、兄に女性の影《かげ》はない。

良家の嫡男《ちゃくなん》で頭脳明晰《ずのうめいせき》、物腰柔《ものごしやわ》らかな容姿端麗《ようしたんれい》独身男――妹の私がこんなに絶賛していいものか分からないけれど――を狙《ねら》う女性は多いだろう。私にとっては苦手な兄だが、妹の立場と恋する人の立場では、見えるものが違うのかもしれない。とにかく、私がとやかく言える問題ではないので、あとはミミの頑張り次第《しだい》だと陰《かげ》ながら応援《おうえん》するばかり。

ミミも息を呑むような美人だ。着るものだって私の何倍も気を遣《つか》っているし、働きだしてからは化粧《けしょう》を覚え、茶髪《ちゃぱつ》を金色に染めたりしてずいぶんと垢抜《あかぬ》けた。二人がくっつけば、美男美女のカップルになるのは間違《まちが》いない。正直、妹から見てもお似合いだと感じる。

「こんな話、ティナだからこそ言うのよ。将来私はあなたの義姉《あね》になるんだから」

「はいはい」

彼女もドーナツを一つ取る。チョココーティングの上にピンクのチョコスプレーがまぶされた、私おすすめの激甘《げきあま》な一品。ミミは私が持っていたドーナツにコツンとそれを当てて、小さく「乾杯《かんぱい》」と言って頬《ほお》を綻《ほころ》ばせた。

一口食べて、「今日の夕飯はもういらないわ」と苦しそうに呟《つぶや》くのもセットで。

ルルイエ幻獣研究所に入所したのはもう半年も前のことだというのに、私はいまだヴィルヘルム博士の顔を知らない。面接試験の時も、勤務初日にも、博士は調査のため外出しているとかで会うことが叶《かな》わなかった。

彼は幻獣研究における世界的権威《けんい》である。それゆえ多忙《たぼう》なのは知っているが、研究員たちをないがしろにしない面倒見のよい人柄《ひとがら》だということも聞いている。

……聞いてはいても、私専用のデスクもなく、所属研究室の共同研究チームの一員にすら加えてもらえない今の状況《じょうきょう》では、彼との接触《せっしょく》を試みようなどとは思えない。まさしく遠い夢のような話である。

「はあ、博士……。そのうちお会いできる日が来るのかなあ。ねえキリム、博士ってどんな人だろう？　優《やさ》しい？　怖《こわ》い？　まさかハゲてる？」

世話を任されている幻獣の一種、七頭獣《キリム》に給餌《きゅうじ》をしながら、私は自分の妄想《もうそう》を垂れ流す。

ちなみにキリムとは、七つの頭に七つの角、七つの目を持つ小型の幻獣だ。それぞれの頭には小さいながらも脳が存在しており、共有している一つの胴《どう》の行動は、七つの頭のうちのリーダー格の意思に委《ゆだ》ねられているのだという。

成体でも手のひらサイズにしかならないキリムは、まるでイソギンチャクのようだと気味悪がられることも多いようだが、鳥の羽が生えているのに空を飛ぶことができないという、なんともお茶目な特性が、私には可愛《かわい》く思えて仕方がない。

ふわふわの毛並みを撫《な》でてみたいが、キリムはなかなか凶暴《きょうぼう》で、おまけに頭が七つもあるので、手を出せば簡単に指を咬《か》みちぎられてしまう。革手袋《かわてぶくろ》があれば耐《た》えられるかもと試《ため》してみたが、装着前の手袋に牙《きば》が容易《たやす》く貫通《かんつう》するのを見て、これは無理だと諦めた。

だから私は檻《おり》越《ご》しに、聖母のように慈愛《じあい》をもって見つめるだけ。

「やっぱり壮年紳士《そうねんしんし》を想像しておきたいところよね。長年の憧れであり目標とする研究者だもの、ハゲ散らかした中年男をイメージするのはこれまでの私に失礼だわ」

ヴィルヘルム博士は十九年前の時点ですでに所長の地位にいた。どんなに若くても当時二十は超えていたはずだと推測すると、今の彼は少なくとも四十代、おそらく実際には五十代くらいのおじさまだろうと思われた。

さて、と私はくたびれた白衣の袖《そで》を捲《まく》り上《あ》げ、引っ張ってきたワゴンを見た。いくつかあるファイルの中からキリムの観察日誌を取り出し、仕事の続きにかかる。

「今日のキリム一号ちゃんの様子、……食欲、あり、被毛《ひもう》、艶《つや》よし、機嫌《きげん》は――」

檻の隙間《すきま》から指を入れてみる。しかし、すぐに牙をむき出しにして食らいつこうとしてきたので、素早《すばや》く手を引っ込めた。いつか無傷でお前の毛皮を撫でてやると、そう心の中で呟きながら。

「機嫌は、よし！」

週の始まりは特に仕事が山積みである。目の前の幻獣に言葉が通じるのかどうか不明だが、私は「またね」と声をかけ、次の幻獣のもとへと向かった。


朝の世話をひと通り済ませて研究棟に戻ってみると、先輩研究員たちが集まって何やら話し込んでいた。

「……を…………て固定すれば、変態《へんたい》するのを……できる」

「組織固定にはこの…………が最も効果があるし、逆変態を……にも…………可能性がある」

「或《ある》いは、……トリウムを用いて、……リル酸と反応させる方法もあるかも」

黒板に化学式を展開させながら、糊《のり》の利《き》いた白衣に身を包んだ数人が意見を出し合っているようだ。黒板は人影に遮《さえぎ》られてはっきり見ることができないし、会話も途《と》切《ぎ》れ途《と》切《ぎ》れにしか聞こえてこない。

「人為的《じんいてき》にアポトーシスを引き起こさせるには、やはりこの…………おい、新入り！　なに見てるんだ!?」

主任研究員であるコックス室長の声により、全員の視線が私に注《そそ》がれた。

「あ……お、おはようございます。担当幻獣の健康チェックが完了《かんりょう》したので――」

「今、俺《おれ》たちの話を盗《ぬす》み聞《ぎ》きしてなかったか？」

同じ所属の研究員なのに、『盗み聞き』とはなんて酷《ひど》い言い草だ。

「盗み聞きというほどでは……今入室したばかりですし」

「俺たち先輩研究員の許可を得ていないんだ、盗み聞き以外の何がある？　本来ならお前など、この研究室に足を踏《ふ》み入《い》れる資格すらないはずだ。せめてもの情けで下働きをさせてやっているだけなのに！」

聞き流せなかったのは、私の長所か、はたまた短所か。

「資格すらない……？　どうしてですか？　私は入所試験に合格して、正規の研究員としてこの研究室に配属になりました。新人であっても配属された研究室の共同研究には参加できるのが決まりのはずですし、実際に同期たちはすでにそうだと聞いています。だから私だって、本来なら――」

私の主張は何も間違っていないはずだ。けれど、正論すら「くだらない」とでも言うように、顔を歪《ゆが》めて鼻で笑われてしまった。

「よく言うよ、誰もお前を認めちゃいないのに」

「え？　それは一体、どういう……？」

先輩研究員の一人、ルノーさんだ。私より十歳上の中堅《ちゅうけん》研究員だが、私がこの研究室に入るまでは一番下《した》っ端《ぱ》だったと聞く。丸眼鏡《まるめがね》の隙間から、細目がジロリと私を睨《にら》んだ。

「一応、由緒《ゆいしょ》正しきバロウズ家のお嬢様って話なんだから、お仕事なんて身《み》の丈《たけ》に合わないことはやめてとっとと嫁《よめ》に行っちまえばいいものを」

「な……時代錯誤《さくご》もいい加減にしてください！　これからは女性の社会進出が当たり前になっていくはずですし、私は研究がしたかったからこそ、この研究所に――」

　私とルノーさんのやりとりが言い争いに発展しかけたところで、コックス室長が口をはさむ。

「新入り、御託《ごたく》の前に茶がないぞ。つべこべ言わず早く人数分の茶を淹《い》れてこい」

「でも室長っ！　今の言葉は――」

「分かったな？　それと、砂糖は入れなくていいからな！」

「…………はい」

　ああ、甘味《かんみ》。甘いものが食べたい。

　昨日しこたまドーナツを食べたというのに、すでに私は糖分を欲《ほっ》しているようだ。

　自分用の紅茶なら、角砂糖五つは確実に入れていた。初めて紅茶を出した際、善意から先輩がたにも同じ数だけ入れて出したら、「嫌がらせか！」と怒《おこ》られた。

　とんでもない！　嫌がらせをしているのはあなたたちの方でしょう！　……というのは、さすがに喉《のど》に引っかかって止まったっけ。

お茶出しのあと、プランターに水をやりながらも、私の回想は止まらない。

学生時代、私は成績優等者として表彰《ひょうしょう》されたこともあった。そもそも成績が悪ければ、ルルイエなんて有名な研究所の入所試験に受かるわけがない。

働き始めて約半年、先輩たちの指示には従順に迅速《じんそく》に従ったし、反感を買うようなことをした覚えもない——角砂糖事件を除いて——。

にもかかわらず、どうしてか私に与えられた仕事は掃除やお使いが大半——幻獣のお世話だけは楽しくやっている——で、他の研究室に配属《はいぞく》された同期たちとは違い、私の白衣だけなぜか「お下がり」。丈《たけ》が合わないなんて当たり前で、ほつれどころか黄ばんでいる。これはもう「白衣」ではなく「黄衣《おうい》」と呼んだ方が正しい気がする。

感傷に浸《ひた》りすぎたのか、喉の奥《おく》からこみ上げてくるものがあった。私はすん、と鼻を鳴らしながら、じょうろ片手に空を眺《なが》めた。

クレープ。

クレープが食べたい。薄《うす》い薄い黄色の生地に、たわわに盛られた純白のクリーム。苺《いちご》がトッピングされていれば言うことなしだ。

ちなみに、苺は野菜に分類される草本性《そうほんせい》の植物だからカロリーはないと考えて間違いないし、あんなに薄い生地、あんなに軽いシャンテリークリームにもカロリーなんてあるわけがない。いくら食べても問題ないはず……と信じている。

理不尽な扱い、理不尽な暴言。庇《かば》ってくれる人もいない。

しかし幸いなことに、これくらいでへこたれる私ではなかった。

押しつけられた幻獣の世話も、正直もっと任せてください！　と頼みたいくらい楽しかったし、「文献《ぶんけん》を探してこい」と指示を受ければ書庫でコッソリ自分の読みたい書籍を読むこともできた。

広い書庫の図書分類と配置は入所後三日で把握《はあく》済み。先輩には今でも「なかなか見つからなくて遅《おそ》くなりました」と言い訳をしているが、真実は「面白《おもしろ》い本を読み漁っていて遅くなりました」だ。

間食や昼食の買い出しも、使い走りのたびに私はちゃっかり自分用の甘味も買った。甘いものに目がない私への嫌がらせだろう、デザート系の買い物は全く頼まれなかったが、私だってピザ屋やハンバーガー屋にもデザートが置いてあることくらい知っている。

先輩がたも根は真面目《まじめ》なのか、傷害や窃盗《せっとう》などの法に触れる嫌がらせ——その域なら「嫌がらせ」ではなくもはや「犯罪」——はされなかったから、まあいいか、とあまり気にすることはなかった。

この研究所には、幻獣も、尊敬するヴィルヘルム博士もいる。夢にまで見た研究所で幻獣と触《ふ》れ合《あ》うことができるのは、何にも勝《まさ》る私の喜び。進学の時も就職の時も、反対する家族の説得に私がどれほど心を砕《くだ》いたか。ここで辞《や》めたらあの時の苦労も水の泡《あわ》と化してしまうと考えたら、「撤退《てったい》」の選択肢《せんたくし》など私が選ぶはずもない。そういう面では、ことごとく私の希望を否定して苦労させてくれた兄にも、感謝していると言えるかもしれない。

ただ、今の村八分《むらはちぶ》状態が半年も続くというのは、さすがに想像していなかった。このまま改善がなされないのであれば、コックス室長より上の役職の人や、然《しか》るべき機関に相談することも視野に入れておいた方がいいかもしれない。


水やりのあと、先輩に言いつけられた資料探し――を表向きとした私の読書タイム――を終えランチに向かったが、食堂のエントランスにはすでに『ランチ終了《しゅうりょう》』の看板が掲げられていた。読書タイムを少し満喫《まんきつ》しすぎたみたいだ。どこか施設外へ買いに行こうかとも思ったが、たった二十分の休憩《きゅうけい》では、買いに行けても食べる時間が残らない。

「今日も食べそびれたか……まあ九割がた自業自得《じごうじとく》なんだけど」

クレープ……いや、パンケーキ。十段のパンケーキ。その上にはシャンテリークリームのタワーを。最後に水たまりかと見まごうほどのメイプルシロップを注いで。

さすがに一度に摂取《せっしゅ》できるカロリーの上限をはるかに超えてしまっているので、消化器官がエラーを起こして体が吸収することを拒《こば》むはずだ。とはいえ一食抜《ぬ》くと、甘味に対する欲望が際限なく高まってしまう。こんな日は定時に上がり、昼の分もガッツリ食べなければ気が済まない。

……のに。

「新入り、草取りやっとけよな。四時になったらお茶。そのあとは室長が資料探しを頼みたいって。あとあれだ、白衣。全員分のを忘れずに洗ってから帰れよ。糊付《のりづ》けもな」

「………はい、分かりました」

こんな日に限って、いつもよりもたくさんの仕事を押しつけられるのがお約束になっている。

結局、私が自宅に戻れたのは、クレープ屋もパンケーキ屋も寝息《ねいき》を立てる深夜であった。

2

ヴィルヘルム・フロイデンベルクとは

手紙の存在には気づいていた。家紋《かもん》入りの封蠟《ふうろう》が施《ほどこ》された封筒《ふうとう》には、いつも通り兄さんの達筆な署名付き。

二週間に一度届く兄さんからの手紙には、毎度決まって気が滅入《めい》る。

就職するにあたり、両親の説得を一番に手伝ってくれたのは兄さんだったが、同時に、最も反対したのも兄さんだった。

手紙の内容は読まなくたって分かる。どうせ、「元気にしているか」と私を気遣《きづか》う内容から始まり、「辛《つら》い時はいつでも帰っておいで」で締《し》めくくられているのだろう。

幼い頃《ころ》の私は病弱だった。一日の大半を屋内で過ごし、たまに出かける公園で同じ年頃《としごろ》の子の遊びに加わっても、すぐにバテたり吐《は》いたり倒《たお》れたりする有様《ありさま》。そのせいで周囲から少しずつ疎《うと》まれ、最終的にはいじめにまで発展するほど嫌《きら》われた。

そして、そんな私を庇《かば》ってくれたのが、兄さんだった。

兄さんは今でも変わらず優《やさ》しくて、成人した私を気にかけてくれている。もちろんそれはありがたいことだが、実は居心地《いごこち》があまりよくない。正直、悪い。兄さんは私を守るのと同時に、「ティナは一人では何もできないんだから」と、無力さも私の中に刷《す》り込《こ》むからだ。

病弱だった頃は、確かに一人では何もできなかったかもしれない。けれど、成長し元気になった今でも、兄さんは事あるごとにそう言ってチクチク私を刺《さ》すのだ。

一度くらいなら針で刺された程度、なんてことはないだろう。それが何回、何十回、何百回と増えていけば、痛みだってその分どんどん増えるのだ。彼《かれ》は何気なく口にしていたのかもしれないが、私にとっては呪《のろ》いを何重にもかけられているようで、辛くて辛くて仕方がなかった。そのうち本当に自分が何もできない、何も考えられない人間になってしまうのではないかと、怖《こわ》くて怖くてたまらなかった。

兄さんに恋人《こいびと》でもできたなら、私を構うことも減るかもしれない。そう思ったこともあったが、今も昔も彼の過保護さは変わらない。ミミの名前を出してみても、シフォンケーキに釘《くぎ》を打ち込むくらい、手応えは感じられなかった。

手元の手紙に目を落とすが、やっぱり、開封《かいふう》したくない。明日読もう、とそのままにして就寝《しゅうしん》したが、結局翌朝もそんな気になれず、私は手紙を放置したまま、春の朝の寒さに身を縮こませながらそそくさと職場へ向かった。

いつも通り掃除《そうじ》をして、いつも通り幻獣《げんじゆう》たちに餌《えさ》をやり、いつも通り健康チェックをして。不本意ながら今日も先輩《せんぱい》研究員の使いっ走りにあまんじようかとしていた時、事件は起こった。

あくびをしながら幻獣管理棟《とう》一階の廊下《ろうか》を歩いていると、キィキィ、と甲高《かんだか》い鳴き声が響《ひび》き渡《わた》ったのだ。鳴声《めいせい》の発生源は、上階ではなく私のすぐ背後。

幻獣は、鳴き声を発するものが大半だ。人間の姿を見て騒《さわ》ぐ種類は多くはないものの――研究所内で飼育管理している幻獣はすでに人間に馴《な》れているので――、声というのは仲間同士でのコミュニケーション手段。そのため、幻獣管理棟は研究棟よりもいささか騒々《そうぞう》しくはある。

けれど、この状況《じようきよう》にはさすがに違和感《いわかん》を覚えた。

だって、幻獣の檻《おり》があるのは二階以上の階だから。一階は事務室や医務室ばかりなので、普段《ふだん》なら幻獣の鳴き声など聞こえるはずがないのだ。

嫌《いや》な予感に振り返ると、灰色の塊《かたまり》が目に飛び込んできた。羽の生えた灰色の生物が、両翼《りようよく》を動かし私を襲《おそ》わんと迫《せま》っている。

羽ばたきが巻き起こした旋風《せんぷう》が、私の黒い前髪《まえがみ》を揺《ゆ》らす。

「――っ」

その拍子《ひようし》に、足がもつれて倒れてしまった。

尻餅《しりもち》をつき骨盤《こつばん》が痛んだが、意識はすぐに腕《うで》に向いた。鋭利《えいり》な刃物《はもの》にでも切《き》り裂《さ》かれたように、左の二の腕にスパッと一筋線が走っていた。

チリチリした痛みとともに、赤い染《し》みがじんわりゆっくり白衣に広がっていく。

傷の確認もそこそこに、私を襲った相手に再び目をやった。

「う、うそ……これって……」

灰色の生物。初めて目にする幻獣だが、その名はおそらく、「石鳥獣《ガーゴイル》」。私の担当ではないけれど、大きな嘴《くちばし》と鋭《するど》い爪《つめ》を持ち、全体的に灰色で石のような質感、鳥と獣の複合型幻獣ときたら、ガーゴイル以外に思い当たるものはいない。

……すごい。フワフワのはずの羽毛《うもう》がどうして、固い石に見えるんだろう。もしかして、石そっくりの羽毛ではなく、羽毛そっくりの石なのか。この大きさの翼《つばさ》で全身を浮《う》かせるためには、もっと筋肉が必要のはず。どうしてこの体で空を飛ぶことができるのか。

撫《な》でてもいいのかな。今は興奮しているから難しいとして、このあと落ち着いてから、どうにか触《ふ》れられないものか……。

襲われている最中《さなか》だというのに、好奇心《こうきしん》が次から次へと溢《あふ》れてくる。

以前目にした文献《ぶんけん》によると、ガーゴイルの成獣《せいじゅう》は中型から大型の犬ほどの大きさになるというから、今私を襲っているこれは、おそらく子どものガーゴイル。それにしたって反撃《はんげき》はおろか防御《ぼうぎょ》の術《すべ》を持たない私にとっては、生命の脅威《きょうい》にもなりうる。

ガーゴイルは警戒心《けいかいしん》がひときわ強く攻撃的《こうげきてき》な個体が多いため、第二級の幻獣に分類されている。もしも私がこの子の世話を担当していて、私に懐《なつ》いてくれていたなら宥《なだ》めることができたかもしれない。けれど、残念ながら違うのだ。

「にっ二級幻獣がっ！　脱走《だっそう》してしまって！　気をつけ——」

廊下の先から警告の叫《さけ》びが聞こえた。上ずってはいるが、すぐに分かった、この声はルノーさんのものだ。

でも遅《おそ》い。当の脱走ガーゴイルはすでに私を襲っている。

ガーゴイルは興奮した様子で落ち着きがなく、なおも追撃を加えようとしていた。しかし、私を害したいのではなく、この子にとっても脱走は想定外の出来事だったのだろう。初めて来た慣れない場所に戸惑《とまど》って、周囲にいるもの全てを敵のように感じているのだと思われる。

もちろん私だって怖い。この大きく鋭い嘴を上下に開く予備動作は、私の目玉でもえぐる気なのか。……咬合力《こうごうりょく》はどのくらいだろうか。人間が一一〇万パスカルで、それよりも多いのか少ないのか——

もっと知りたいという欲求と、身を守らなければという危機感。両者が私の中で拮抗《きっこう》しているが、どっちにしたって悠長《ゆうちょう》に眺《なが》めている場合ではない。腕を盾《たて》がわりにしてガーゴイルの猛攻《もうこう》から顔だけは守りつつ、壁伝《かべづた》いに立ち上がり、助けを求め私は走った。

檻に入れられ管理されているはずの幻獣が、なぜ逃《に》げ出《だ》したのか。彼らの中にはずば抜《ぬ》けて知能の高いものもいるが、施錠《せじょう》方法や檻の材質などを幻獣個別の特性に合わせて設計してあるから、己《おのれ》の力だけでの脱走は困難のはず。

……とすると、幻獣自身が檻の施錠を破ったというより、誰かの人為的《じんいてき》な――

などと考えている中、肩《かた》に鋭い痛みが走り、私は再び転んでしまった。

考えながら逃げることは私には難しすぎたみたいだ。背後には、廊下の天井《てんじょう》いっぱいに高度を保ち、滑空《かっくう》の体勢を整えているガーゴイルが見える。きっと、これで私にとどめを刺す気だ。近い距離《きょり》で突《つ》かれる程度では致命傷《ちめいしょう》にはなり得ないけれど、無事というわけにもいかないだろう。

逃《に》げる場所も時間もない。私にできることといえば、もうどうにでもなれ！　と目を瞑《つぶ》り、身を固くして繰《く》り出《だ》される攻撃に備えることくらいなものだ。致命傷さえ勘弁《かんべん》してくれたなら、ガーゴイルの狩《か》りのサンプルになってもいい、などと思いながら。

――衝撃《しょうげき》。

ドン！　という何かがぶつかる大きな音。

のち、息苦しさ。

……しかし痛みはない。

感じるのは「温《ぬく》もり」と「弾力《だんりょく》」と、なぜか「窮屈《きゅうくつ》」ということ。

「落ち着け、お前に危害は加えない。落ち着いて、その爪を引っ込めなさい」

体だ。腕だ。

私は誰かに抱《だ》きしめられているようだ。

低い声は私の頭上から発せられているものの、誰かの体の中を通って、そこに押しつけられた耳から、しみ入るように入ってきた。

「……そう、いい子だ」

聞いたことがあるような、ないような。

ひどく懐かしいような、……別にそうでもないような。

ガーゴイルの羽ばたきの音が聞こえなくなった。

再び静かになった廊下。

しかし、私の耳には私を抱きしめている誰かの心音が響《ひび》いている。

背中、というより腰《こし》に回された腕。密着した胴体《どうたい》。ふんわりと周囲を包《つつ》み込《こ》むような、柔《やわ》らかくて落ち着く香《かお》り。

「お前が脱走なんてどうしたんだ？　急に飛び出て、お前だって驚《おどろ》いただろう。さあ、おとなしく元のところに戻《もど》りなさい」

この熱量、がっしりとした厚み、声の低さ。私の五感全てが、私を抱いているこの人が「男性」であると言っている。

途端《とたん》に恥《は》ずかしくなった。

拍動《はくどう》がどんどん速くなっていくのは、今に限っては命の危機とは無関係。単に、男性に抱きしめられているというこの状況のせいで、私はパニックに陥《おちい》っているのだ。

恐《おそ》る恐《おそ》る目を開けた。顔を動かして、見上げてみる。

骨ばった顎《あご》の輪郭《りんかく》と、光に透《す》ける銀色の髪《かみ》。出っ張った喉仏《のどぼとけ》も見えた。

……やっぱり、紛《まぎ》れもなく、男性だ。

穏《おだ》やかな口調で幻獣に話しかけるこの人の言葉は、明らかに人の言葉である。ガーゴイルは知能が高いから、ある程度の訓練を経《へ》れば人語もいくつか理解するようになるらしいけれど、この男性の今の言葉がそのまま伝わるとは信じがたい。

にもかかわらず、さっきまで私を殺さんばかりの勢いで追いかけてきていたガーゴイルは、彼に頭を撫でられて、気持ちよさそうに喉《のど》を鳴らしているではないか。

異性に抱きしめられて照れながらも、幻獣と意思疎通《そつう》をしている――ように見える――彼に、私の好奇心がむくむくと頭をもたげてくる。心身の制御が効かず、結局私はボーッとして、なんの動きも取れずにいた。

「君も、無事かな？」

私を抱きしめる腕がゆるんだ。

さっきまで密着していた体と体に隙間《すきま》ができて、なんとなく寂《さび》しい気がしたのは錯覚《さっかく》なのかなんなのか。

「あ、え、えっと……」

白い肌《はだ》、高い鼻。アイスブルーの瞳《ひとみ》の輝《かがや》きは、透《す》き通《とお》っていて美しい。

歳《とし》は二十から三十代。白衣を着ているしきっとここの研究員なのだろうけど、それにしたって研究員にはもったいないほど整った容姿をしている。

「怖かっただろう、大丈夫《だいじょうぶ》か？」

「は……はひ……」

幻獣に襲われた私。それをこの、美しい青年が助けてくれた。

……誰？

夢だろうか。幻だろうか。

この美貌《びぼう》は、あまりにも現実離《げんじつばな》れしている気がする。

彼が笑った。銀髪が揺れた。

「はひ、とはまた新しい返事だね。君独特の造語かな、ティナ・バロウズ君？」

この声を聞いたことがあるように思ったが、私の気のせいかもしれない。だって、こんなに美しい人、これまでに会っていたなら決して忘れるはずがないだろうから。

もう一点、不思議なことに、この人は私の名を知っている。私はこの人を知らないというのに。

「とにかく、命に別状はないようで良かった」

「あの、あなたは、お怪我《けが》は……っ」

私ばかり助けられて、私ばかり気遣《きづか》われている。この状況は少し居心地が悪い。

「私は問題ない。傷一つ負ってないよ」

「そうですか……って！　鼻血！　鼻血がっ！」

問題ないと笑った拍子《ひょうし》に、彼の鼻から一筋の血が垂れてきた。やはりどこか打ったのだろうか。ハラハラしている私をよそに、彼は「おや」などと悠長《ゆうちょう》に言いつつ、白衣のポケットからハンカチを取り出しサッと拭《ぬぐ》って微笑《ほほえ》んだ。

「これも問題ない。よくあることだ」

「よくあること⁉」

私が鼻血を出したならば、きっと笑われて終わりだ。しかし、美しい人というのは、鼻血を垂らしていても美しいみたいだ。鼻血を拭《ふ》き取《と》る所作《しょさ》も、まだ肌にうっすら残る赤い血も、むしろ美しさを増す要素の一つに見えてしまうからとても不思議だ。

「あ、あの、あなたは……」

どなたですか？　と聞こうとした。この人も白衣を着ているから、私の所属とはまた別の研究室で働いている研究員という筋が濃厚《のうこう》。

しかし、だったらなぜ、関わりのない私の名前を知っているの？

「ヴィルヘルム博士っ、お怪我はありませんでしたか⁉」

そこへ飛び込んできた、ルノーさんの言葉。

「私は問題ない」

……ん？

…………あれ？

今、ルノーさん、「博士」と言った気がする。しかもその前に、「ヴィルヘルム」とついていたような気もする。

ヴィルヘルム博士。ヴィルヘルム・フロイデンベルク博士。こんなゴツい名前の研究者は、ここ、ルルイエ幻獣研究所の所長以外にいないはず。私が憧《あこが》れに憧れている研究者だ。

……それが、この、容姿端麗《たんれい》な青年だと？

しかも私は今、その憧れの人に危ないところを助けてもらって、抱きしめられていると いうの⁉

「ルノー君、どうしてガーゴイルが脱走を？」

目が点の私などよそに、青年改めヴィルヘルム博士が、淡々《たんたん》とした調子でルノーさんに質《ただ》した。

「お、おそらく施錠が不十分だったのではないかと……」

「施錠が？　なんだ、そんな単純なミスで？」

憧れの博士にこんな形で会うなんて、全く想定していなかった。

しかも、私はその憧れの博士に、身を挺《てい》して助けられたのか……！

……待って待って、冷静になろう、私！　博士の初めての研究論文は、今から二十年以上前に発表されている。その頃の博士は新人研究員だったと仮定して、どれだけ若く見積もっても、すでに四十代に突入《とつにゅう》しているでしょう？　……この美貌で、四十代⁉

私は大パニックに陥った。混乱に混乱を極《きわ》めている。疑問符《ぎもんふ》だらけでどこから手をつけて良いのか分からない。

一方で、博士の鋭い視線に曝《さら》されたルノーさんは、挙動不審《ふしん》に眼球を左右にコロコロ振ったあと、彼の腕の中にいる私を見つけた。そして目を見開くと酷《ひど》い悪相《あくそう》に変貌《へんぼう》し、なりふり構わず私を指さしこう叫んだ。

「新入り……ティ、ティナが！　そいつです、博士が助けたその女、ティナ・バロウズのせいです！　新入りっ、おおお前が餌やりのあとに施錠し忘れたんだろうっ！」

最初、私は、彼が何を言っているのかよく分からなかった。

私に第三級以上の幻獣との接触《せっしょく》を禁じていたのはルノーさんで、私は第四級以外の幻獣に見たことも触れたこともない。だからつまり、私が第二級幻獣に属するガーゴイルの檻の鍵《かぎ》を持っているはずがないことは、彼が一番よく分かっているはずだ。

何かの言葉遊び？　それとも、趣味《しゅみ》の悪い冗談《じょうだん》？

冗談を言われたのなら、せめて愛想笑《あいそわら》いくらいしなければ。……けれど私は笑えなかった。この状況での問いかけに対し、冗談で答えるにはあまりに悪質すぎたからだ。

「は、はあ？　私が⁉」

そう、彼は私に濡《ぬ》れ衣《ぎぬ》を着せようとしているのだ。一拍遅《いっぱくおく》れてやっと私は理解した。

被害者《ひがいしゃ》のはずの私が加害者に仕立て上げられようとしていることに気づき、ぶわっと嫌な汗《あせ》が滲《にじ》み出す。私が反論するのを待たず、彼が先手の口撃《こうげき》を放つ。

「だ、だいたい！　いつも生気の抜《ぬ》けた顔で仕事して！　情熱の欠片《かけら》もないくせに、俺《おれ》たちの研究を盗《ぬす》もうと虎視眈々《こしたんたん》と狙《ねら》って――」

生気の抜けた顔？　――違《ちが》う、単に疲《つか》れているだけ。

情熱の欠片もない？　――違う、情熱がなかったらとっくの昔に退職している。

研究を盗もうと？　――違う、盗むも何も、あなた達《たち》が何をしているか私は知らされていないというのに！

「ルノーさん、いい加減にしてください！　私はガーゴイルを――」

「新入り！　いつも言ってるだろう、施錠は基本中の基本だ、って！」

「違う、私じゃない！　鍵を掛《か》け忘れたのは、私じゃなくて――」

『ルノーさん、あなたなんじゃないですか⁉』という言葉は、結局遮《さえぎ》られてしまう。

「博士！　勤続十年の俺と、まだ半年にも満たないそいつの言うこと、どちらを信じるつもりですか⁉」

……酷《ひど》い。あんまりだ。

勤続年数が長い者の言葉ほど信憑性《しんぴょうせい》がある、とでも言いたいのか。

違うでしょう。それは、違うはず。

ベテランの研究員にも、そうでない研究員にも、真実は平等ではないのか。

私はヴィルヘルム博士の顔を見た。彼の表情は、責めるでも、疑うでも、何をするでもないものだった。次に、ルノーさんの顔を見た。彼の顔からは脂汗《あぶらあせ》が噴《ふ》き出《だ》して、真っ青で、小刻みに震《ふる》えていた。

「……申し訳ありませんでした」

誰が鍵を掛け忘れたのか、博士に示せる証拠《しょうこ》がない今、何を言っても水掛《みずか》け論《ろん》になってしまう。だから早々に、私は矛《ほこ》を収《おさ》めた。

これは、自ら「負け」を認めたわけではない。先輩に敬意を払《はら》うとか、先輩の言うことは絶対だからとか、そんな面倒《めんどう》くさいことを優先したわけでもない。

ただ単に、ルノーさんが哀《あわ》れで滑稽《こっけい》に見えたのだ。

早々に己《おのれ》の過《あやま》ちを認めて謝《あやま》ってしまえばよいものを、彼は嘘《うそ》をついてでも隠《かく》そうとした。

まるでこのミスが、生死を分けるとでも思っているかのように。

研究者として、何が最も致命的《ちめいてき》か、彼は分かっていないのだ。

私の謝罪の言葉を聞いて、ルノーさんは明らかにほっとしていた。引きつっていた表情が少し和《やわ》らいだようにも見える。

彼は私がガーゴイルと関わりがないことを知っている。ガーゴイルの脱走は、自分のせいだとも分かっている。私に対して後ろめたい思いもあるだろう。もしかしたらこのあと、庇ってあげた見返りに研究員としての仕事を与えてくれるかもしれない。……もちろん、何も変わらないかもしれない。別に期待をしているわけではない。

所長の顔をチラリと見ると、偶然《ぐうぜん》にも目が合った。こんな惨《みじ》めな場面など見られたくなかったが仕方がない。

「君が？」

私は何も言えず、静かに目を逸《そ》らした。情けないやら恥ずかしいやらで、これ以上博士の顔を見ていられなかった。

「……そうか。分かった。ではティナ君、まずその怪我の手当てを受けてから、私の部屋……所長室に来てくれるかな？」

幸いにも傷は浅く、消毒をしただけで縫《ぬ》わずに済んだ。

「バッカじゃないの？　どうしてそこで庇うのよ！　ヤツを蹴落《けお》とす絶好のチャンスだったじゃないの！」

「別に庇ったつもりはないの。……ミミ、痛い、もう少し優しく」

怪我の手当てをするには服を脱《ぬ》ぐ必要があったので、衝立《ついたて》が設置されたベッドに腰掛《こしか》け、私はミミに治療《ちりょう》を委《ゆだ》ねた。事の経緯《けいい》をかいつまみながらも話したのがよくなかったのか、ミミの手つきも彼女《かのじょ》の興奮に合わせだんだんぞんざいになっていった。

私のために憤《いきどお》ってくれているのだとは分かるものの、消毒綿を当てるのがちょっと乱暴すぎやしないか。せっかく縫合《ほうごう》不要の浅い傷で済んだのに、ミミのせいで縫う必要が出てきそうだ。……なんて、もちろん冗談だけれども。

「私たち研究者は、まだ誰も知らないことを見つけて世界に発信するのが仕事。だから、私たちが事実を歪《ゆが》めたり捏造《ねつぞう》したりすることは決して許されないの。偽りを発信したら最後、誰も信じてくれなくなる。……ここにいる研究者は誰でもわきまえていることかと思っていたのに」

ルノーさんは論文を捏造したわけじゃない。でも、ガーゴイルを管理していたのはルノーさんなのに、私が世話をしていたと、博士の前で嘘をついたのだ。

自分のミスを隠すために嘘をつくなんて。誠実さが求められる職場だというのに、浅はかすぎると言うほかない。

「つまり、ティナはルノーを見限ったってわけね」

「見限ったというか……あの場では私に落ち度はないっていう証拠もなかったし、無益な言い争いが面倒になってしまって。つまり……私は今、フルーツタルトが猛烈《もうれつ》に食べたいってわけよ」

最後の言葉にミミが噴き出した。

「ふふふ、分かったわ。どうしようもない男のことを考えるより、大好きな甘《あま》いもののことを考えていた方が有益だと判断したわけね」

「ま、そういうことかな！」

サクサクのタルト生地《きじ》に、バニラビーンズたっぷりのカスタードクリームが敷《し》き詰《つ》めてあって、旬《しゅん》の果物ものったものがいい。艶出《つやだ》しの蜜《みつ》が塗《ぬ》ってあっても、粉砂糖でうっすらお化粧《けしょう》してあっても、どっちにしたって可愛《かわい》いと思う。それを、ぱくりと頂きたい。

こんもりのせられた果物がこぼれて、タルト生地がホロリと崩《くず》れて、甘さ酸《す》っぱさ香《こう》ばしさが口の中いっぱいに広がったら、もうそれだけで私は幸せに浸《ひた》れるのだ。

「このあと、ヴィルヘルム博士に呼ばれてるんだけど、ねえ、彼って何歳《なんさい》か知ってる？」

ミミは派遣《はけん》の救護員で研究所に籍《せき》はないが、医務室で様々な所員と会話する機会があるため、私よりはるかに情報通なのだ。

「ヴィルヘルム博士？　年齢《ねんれい》不詳《ふしょう》よ」

「そう、博士のことなんだけど、……え？　年齢不詳？」

ミミにしては随分《ずいぶん》と曖昧《あいまい》なリサーチだ。

「ルルイエ研究所史が地下書庫の奥《おく》の部屋にしまってあるそうだから、それを見れば彼の家系図なんかと一緒《いっしょ》に書いてあるとは思う。けど、そこの鍵は博士しか持っていないから、誰も目にすることができないの。……ってこの前事務の人が言ってたわ」

「年齢不詳……」

謎《なぞ》は深まるばかりである。包帯を私の腕に巻きながら、ミミが楽しそうに提案する。

「これから博士に会うんでしょう？　だったら直接聞いてみなさいよ。多分三十五歳《さい》って答えが返ってくると思うけど。博士はここ十年くらいずっと、『三十五歳』を自称《じしょう》しているそうよ。写真も嫌いだそうだから、過去との比較《ひかく》もできないし。面白《おもしろ》いことよね」

十年前に三十五歳だったと仮定すると、今はまさか、四十五歳……？　いやいや、そんなまさか。そもそも、現在の年齢が本当に三十五歳だったとしても、あの見た目はどうしたって若すぎる。

「それにしても博士に呼ばれてるって、なんの用事？　もしかして、幻獣の脱走の件でお目玉を食らっちゃうとか？」

「特になんの用事かは言われてないけど、そうでしょうね。大丈夫、脱走の件はちゃんと私から訂正《ていせい》するわ。ルノーさんに言い返すのは不毛でも、自分から濡れ衣を着ることもしたくないもの。どうせ観察記録を見れば私の担当じゃなかったことくらい一目瞭然《いちもくりようぜん》なんだし、ヴィルヘルム博士も分かってくださるはずよ。それより、憧れの博士と二人っきりよ？　どうしよう、今日に限って博士への質問一覧カンペを家に忘れてきちゃった！」

「知らないわよ……はい、手当て終わり！」

ミミに手伝ってもらい、ブラウスと黄ばんだ白衣を着直す。ブラウスは破れたままだが、上に白衣を着てしまえば誰にも気づかれることはない。どうしたって私の白衣は先輩《せんぱい》がたのお下がりで、黄ばんだものしかないのが悲しかったけれど。

医務室を出る時、ねえティナ、とミミが話しかけてきた。

「ルノーのことはどうでもいいけど、ちゃんと主張すべきことは主張してよね？　早く一人前になってフレッドを安心させてくれないと、あなたのせいでフレッド、私をお嫁《よめ》さんにする決心がいつまでたってもつかないじゃない」

「あはは、気が重い……」

ミミの中では兄さんとの結婚《けっこん》はもはや確定事項《じこう》らしい。見事な自信だ、見習いたい。

所長室は、研究棟の最上階、五階に設けられている。

この階は会議室や応接室など来客用の部屋が集中しているため、床材《ゆかざい》や壁材から置かれている調度品の数々に至《いた》るまで、全てが他階よりひときわ豪華《ごうか》になっている。

用事がなければ無意味に立ち入ることもない場所なので、来るのは実はこれでようやく二度目だ。ちなみに、初めて来たのは採用試験の面接の時。博士は不在だったけれど。

廊下の壁にはルルイエ幻獣研究所開所以来の主《しゅ》たる研究成果や、様々な賞の賞状やトロフィーなどがぎっしり飾《かざ》られていた。暇があれば一つ一つじっくり見てみたいところだったが、今はそういうわけにもいかない。博士に呼ばれているからだ。

コン、コン、コン、コン、と部屋の扉《とびら》を三回ノックすると、まもなく中から「どうぞ」と声が聞こえてきた。

「ティナ・バロウズです。失礼します」

恐る恐る入室した所長室には、手前にソファとコーヒーテーブル、その奥に重厚《じゅうこう》な一枚板で作られた机が置いてあった。色艶《いろつや》から見ておそらく相当な年代物だろう。

左右の壁には天井までいっぱいに本棚《ほんだな》が造りつけられており、新しい学術誌から色褪《いろあ》せた古い書物までが、隙間もないほど並んでいる。ヴィルヘルム博士はその片隅《かたすみ》の、本棚にかけられたはしごに腰掛けて本を読んでいるところだった。

「ようやく来たね。怪我の具合は?」

手にしていた本を閉じて机の上に無造作《むぞうさ》に置くと、私の前へ一直線にやってきた。

先ほどと変わらず、やはりヴィルヘルム博士の容貌《ようぼう》はとても美しい。目を合わせるのが恥ずかしくて、私の視線は早々に泳ぎだした。

「幸いにも軽い傷で済みました。博士が庇ってくださったから……感謝しています」

「あれくらい当然のことだ。むしろもっと早く助けに入るべきだった。面目《めんぼく》ない」

彼は私をソファに促《うなが》す。すすめられるまま腰を下ろすと、彼も満足そうにソファに腰を下ろした。……なぜか、私のすぐ隣《となり》に。

「白衣は着替《きが》えたんだね。ガーゴイルに引っかかれて破れてしまったから？　それにしても、どうしてこんなに着古した白衣を？　君はまだここに入所して間もないだろう。半年やそこらで、こんなに傷《いた》むものなのか？　どうして買い替えない？」

「……いえ、新人は先輩から頂いた白衣を着るのが伝統なのだと聞いたので」

博士が口に手を当て宙《ちゅう》を見る。これは彼の考え事をしているポーズなのだろうか。

「そんな伝統、うちにあったかな……。ということは今、君が袖《そで》を通しているその白衣は、他の研究員が着ていたものだと⁉」

左右に分けられた前髪の間から覗《のぞ》く理知的な額に、しわが寄った。

ぼけっと見とれていると、長い睫毛《まつげ》が上下に動いて、水色の瞳が私を捉《とら》えた。慌てて再び視線を泳がせるが、心臓はドキドキ高鳴ったままだ。

「……分かった。つまり、君に私の白衣をプレゼントしてもいいということだな」

博士は輝かんばかりの笑顔《えがお》を見せるが、私は素直《すなお》に喜べない。

「はい？　あの、ちょっと、意味が……？」

「新人が先輩のお下がりを着る伝統があるのなら、私だってある意味君の先輩なのだから、君が私の白衣を着てもいいはず。いや、着るべきだ」

た、確かに貰《もら》ったら着るけれども、……いや、むしろ恐《おそ》れ多《おお》くて袖を通せないかもしれない。部屋に飾って「一日でも早く私も博士のような研究者になれますように」とか心の中で念じて、毎日手を合わせてお祈《いの》りを捧《ささ》げてしまうかもしれない。

しかし、博士は本気なのか冗談なのか判断のつかないことを言いながら、現在着用中の白衣を脱ごうとするものだから、私は慌てて止めに入った。

「は、博士っ！　結構です、脱がなくて結構です！」

「心配するな、この下にも衣類は着用している」

「分かってますよ!!」

私の反応など一切無視で立ち上がった博士は、滑《すべ》るようになめらかな手つきでボタンを外しだした。そうして私に差し出される、白衣。脱ぎたてホヤホヤだ。

「ほら、着たまえ」

「いいいいやです！　なんかイヤ！」

私が言えたことじゃないかもしれないが、学問を極めんとする者は、総じてどこかズレていると聞く。私の目の前にいる博士も、ご多分《たぶん》に洩《も》れずなのかもしれない。

「私は他に替《か》えがあるから、一着なくなったところで問題はないのだが」

確かに問題はないだろう。ないだろうが、あるのだ。アリアリなのだ！

「だったら私が君の白衣を着るから脱ぎたまえ。さあ。……さあ！」

「待ってください主旨《しゅし》が違ってるじゃないですか！」

このままでは埒《らち》が明《あ》かないので、私は思い切って話の流れを変えてみることにした。

「そっそれで博士、私をお呼びになったのはどういうご用件でしょうか！」

私の白衣のボタンめがけてワサワサと動いていた手が止まった。

「……ずっと、君と二人で話す機会を窺《うかが》っていたから」

「そうですか、ではお話を――え？」

目論見《もくろみ》通り、博士の意識は白衣から私の質問に移ったようだ。しかしどうしたことだろう、これはこれでどういうことだ。分からなすぎて二度反復してしまった。

「君を採用するにあたり、是非《ぜひ》とも面接は私自ら行いたかったのだが、所用が入ってそういうわけにもいかなくなってね。それ以降も話す機会に恵《めぐ》まれなくて」

「はあ……？」

脱いだ白衣をクシャッと放り、博士はソファに座《すわ》り直した。背もたれに腕をかけ、微笑《ほほえ》むこの人の考えが、私にはどうも読み取れない。

「さっきの件。どうして君は自ら罪をかぶったのかな？　記録を見れば、いくらでも幻獣の脱走が君のせいではないと分かるはずなのに」

急に本題。――だと、勝手に私が思っていた話題だ。

「あれは君のせいではない。なぜなら、君が管理を任されているのは、第四級の幻獣だけ。第二級幻獣の階へは、そもそも立ち入りすら禁止されていただろう？」

「その通りです。ですが――」

私は末端《まったん》の研究員だ。それも、「研究員」というよりは「雑用係」や「掃除婦」に限りなく近い。にもかかわらず、ルルイエで一番偉《えら》くて一番忙《いそが》しくて一番注目を集めている人が、どうして私などのことまで事細かに把握《はあく》しているのだろうか？

「ルノーを庇おうとしたのはなぜ？　そこに深い理由はある？」

こちらからも質問をしようとしたが、博士の方が早かった。仕方なく私は正直に答える。

「庇うつもりなんて、ありません。ただ……博士のおっしゃる通り、記録を確認するだけでどちらが嘘をついているか分かろうものを、ああも必死で取《と》り繕《つくろ》って……。ルノーさんを見ていたら、反論するのもなんだか面倒になってしまって」

先輩のことを「面倒」と言うのは、ちょっと失礼かなと思った。けれど、その言葉を聞いた博士も小さく噴き出していたから、きっと許容範囲《はんい》内のはず。

「ルノーさんのこと、悪い人ではないと思います。でも、『真実』というものをもっと大切に扱《あつか》ってほしいです。軽はずみについた小さな嘘も、のちのち大事になりうるのが研究の世界だと思っていますから」

「なるほど、確かにその通り。さすが、私のティナ・バロウズ」

「はい…………はい？」

私の、とはどういうことだろうか。

博士が所長を務めるルイエ幻獣研究所に所属する一研究員を褒《ほ》め称《たた》えてくださっているのか、それとも本当に――たいへん理解しがたいことだが――言葉通りの意味なのか。

「ルノーは決して目立つタイプではないが、今回の事件以外では仕事も正確、補助役として有能な人材だ。また近いうち、彼には私の方から釘を刺しておく。それと、私は施設長の当然の義務として、職員全員を把握している。ルノーに加え、もちろんティナ、君のことも」

ドキリとした。博士と目が合ったからか、それとも博士が私のことを知っていてくれたからか。……きっと両方だ。

「君の日報にも幻獣の観察記録にも、私は全てに目を通している。当然ながら入所試験時の履歴書《りれきしょ》や小論文にもね。ティナ、君は本当に素晴《すば》らしい。これまでたくさんの者が作った書類を山ほど目にしてきたが、君ほど丁寧《ていねい》で、熱意に溢れた文章を書く者に出会ったことはない。本当に、良《い》い人材を得ることができたと思っている。その思いをようやく今日、君に直接伝えることができて私はとても嬉《うれ》しいよ」

業務日報など、日々作成する書類の多くは、直属の上司が確認したら規定の保存期間が過ぎるまで、暗い倉庫に保管されて終わるものと思っていた。けれど、博士はそれら全てに目を通してくださっていたのだ！　しかも、「素晴らしい」という花丸付き！

「あ、ありがとうございます！　まだ成果の一つも残せていない身なのに――」

「幻獣の研究をしたいという者は数多く存在するが、君のように実地研究や野外調査を希望している者は実はとても貴重だ。幻獣はどこにでもいるわけではないから、それこそ水道もガスも通っていないどころか、道もせいぜい獣道《けものみち》がある程度という原生林の中に飛び込んで探《さが》すことだってある。それを嫌がる者は、残念ながら多いんだ」

野外調査では、清潔とはいえない環境《かんきょう》で何カ月も過ごす事態もままある。女の私は月に一度面倒《めんどう》くさいことも起こるし、野外調査向きではないとは分かっている。ただでさえ男性よりも非力なくせに、命の危険は男女関係なく常について回る。おまけに費用と労力をかけて僻地《へきち》に赴《おもむ》いても、何の成果も得られないことだってあるのだ。

これは、さんざん兄にも指摘《してき》されていたことだ。

「敬遠されて当然の仕事。それを、君は志願しているね。学生時代には動植物の野外調査を実施《じっし》していたと履歴書にあったが、特にコウモリの生態に関する研究はなかなか面白かった。先輩研究者として、見込《みこ》みのある新人が入ってくれて本当に嬉しい限りだよ」

目頭《めがしら》に熱を感じる。こんなに褒めてもらえたのは、本当にいつぶりだろうか。

彼が私の手を取った。大きくてゴツゴツしていて、なんだかとても温かい。

「毎日遅くまでこき使われてヘトヘトだったろうに、翌日になればまた頑張《がんば》っている。君の元気はどこから来るんだ？」

糖分です。糖分を摂《と》っている時が一番幸せで、明日への活力が湧いてきます。それと、こうして博士に褒められても、無尽蔵《むじんぞう》に湧いてきます！

嬉しさのあまり声が出せない私は、心の中で思いきり答える。

「意志の強そうな瞳も魅力的《みりょくてき》だし、黒くうねるその髪も、神秘的でたまらない。幼い頃はただただ健気《けなげ》でただただ可愛かった君が、成人してこうまで美しく花開くとは思わなかった。憂《うれ》いたその表情も、細い指の一本一本も、見ているだけでうっとり酔《よ》いしれてしまいそうだ」

ああっ、本当に、夢みたい。憧れの博士が目の前にいて、兄さんでもしてくれたことがないほど、私をベタ褒めしてくださって……ん？　魅力的？　美しく、花開く？

「……あ、あの、博士？　ヴィルヘルム博士？」

それは、仕事とどう繋《つな》がりがあるのだろうか？　言葉のあやだとは思うけれど、それにしたって異質すぎて聞き流してはいけないような……

いや、待て待て。幼い頃、ってどういうこと？　私たち、今日が初対面のはずでは？

彼は頭をゆるく振る。

「ヴィル、と。私の名は長いから、もっと短く、親しげに呼んでほしい」

「いえ、そういうことではなくて」

しかも、私の気のせいならいいのだけれど、なんだか博士の瞳が妙《みょう》に艶《つや》っぽく……

「君のことを至近距離で見つめることができるなんて、本当に嬉しくてたまらない。髪は黒々としているのに、瞳は色素が薄《うす》いのかな、少し紫《むらさき》がかって見えるね。ああ、こんなに美しい花をこんな間近で……私はなんて贅沢者《ぜいたくもの》なんだ」

博士の顔が近づいてくる。綺麗な顔だ。睫毛は長いし、肌は陶器みたいにするんとしてきめ細かいし、あと、なぜか、良い香りもしてくるような。……けれども。

「えっと……博士？」

けれどもこの私、ティナ・バロウズは。

「つまりだ、ティナ」

「は、はい」

「結婚式《けっこんしき》はどこで挙《あ》げたい？」

「は、はい⁉」

彼のことは「研究者」として憧れているのでありまして！

3 何かが変わる音がする

再度言おう。

私がこの目の前の絶世の美男——という言葉があるのかどうかは知らないが——に憧《あこが》れているのは、彼《かれ》の研究者としての実績や姿勢を素晴《すば》らしいと思っているからであって、彼に思慕《しぼ》の念を寄せているわけでは全くもって「ない」のである！

「博士？　あの、結婚式《けっこんしき》以前に、私たちには部下と上司という関係性しかありませんが」

「結婚すれば妻と夫という関係が生じるだろう」

生じるだろう、じゃない！　そりゃ生じますけど、私とあなたに関して言えば、結婚までにまだまだ一つも二つも手前の関係性を生じさせる必要があるでしょうよ！

「まず、部下と上司が突然夫婦《とつぜんふうふ》になるというのは違和感《いわかん》があります。順序立てて……いや、順番を経《へ》れば受け入れられるというものでもないんですけど」

先ほどから握《にぎ》られている、この手。やんわりと引き離そうとしてみたが、悔《くや》しいほどに効果がない。

「ではティナ、どうしたら受け入れてもらえるのかな？」

理解が全く追いつかない。

私と博士の間に、直接的な接点はこれまでなかったはずなのに、どうして突然熱烈《ねつれつ》な求愛——これは求愛なのだろうか、という疑問もあるけれど——を受けるに至《いた》っているのだろうか。

「この研究所に入ったのは、確かにヴィルヘルム博士を追ってきたからではあるのですが、その、研究者としての博士を尊敬していたわけであって、あなたとどうこう……個人的に親密な関係になりたかったわけではなくて」

途中《とちゅう》、「私のことは気軽にヴィルと呼んでくれ」とまたしても言われたが、無礼を承知で聞こえなかったことにした。

この人、どんなに若く見積もっても四十かそこらの中年のくせして、自分の半分程度の年齢《ねんれい》の女に言い寄るなんて、何を考えているのだろうか。政略結婚ならばありうる年の差ではあるものの、私と博士に政略なんかないはずだ。

さらにトドメを刺《さ》すならば、私は博士のことを五十代くらいのおじさまだとずっと思っていたので、親子ほど年の離れた男性と色めく関係になりたいなどという、その発想からまず存在していない。だから、ヴィルヘルム博士が実際はこんなに若く容姿端麗《ようしたんれい》な男性だと知ったからといって、急に惚《ほ》れた腫《は》れたの騒《さわ》ぎになるわけもない。

……しかしながら、私の本音も彼には関係ないのかもしれない。もちろん、このように邪《よこしま》な気持ちを抱《いだ》いているのは君に対してだけだよ」

「ヨコシマ!?」

「言い方が悪かった、訂正《ていせい》しよう。私はティナと四六時中《しろくじちゅう》キスしたり抱《だ》き合《あ》ったりしたい、という意味だ」

「想像以上にヨコシマだわ！」

これで博士の顔がよくなかったら、セクハラ親父《おやじ》として世の女性から訴えられていただろう。いや、顔がどうこう関係なく今の発言は相当まずいものがあるはずだ。研究者としては申し分のない優秀《ゆうしゅう》さを誇《ほこ》るのだから、黙《だま》って研究に没頭《ぼっとう》していればいいものを。

「博士、そんなことを言われても困ります！」

私は断固として拒《こば》む姿勢を貫《つらぬ》いた。

しかし彼も断固として、私の「拒絶《きょぜつ》」を受け取ろうとはしなかった。

「どうして？　私はいっこうに困らないのだが？　もしかして、金銭的なこと？　安心したまえ、金ならいくらでもあるから」

ヴィルヘルム・フロイデンベルクは、もっと頭の良い《い》研究者かと思っていた。研究者としては相当頭も切れるのだろうが、一社会人としては非常識と言われてもしょうがない気がする。

こんなことなら博士には口を開いて欲《ほ》しくなかった。私の身勝手な願望だろうが、黙って白衣に身を包み、淡々《たんたん》と論文を書いているだけでよかったのに。理想は理想のままでいて欲しかった。あんなにまで憧れていた対象が、まさかこんな——明言《めいげん》は避《さ》けておく——だったとは。ある種の喪失感《そうしつかん》を抱《いだ》きながらも、私には休む時間などなかった。とりあえず今は、博士の猛攻から身を守らねば。

「は、博士の見た目とその名声なら、どんな女性でもよりどりみどりなのではないですか？　何も私に拘《こだわ》らなくてもいいじゃありませんか」

そうだ。ここが原点である。

私は美人でもなんでもないし、研究者として成功しているわけでもない。私を選ぶ「意味」というものが、彼の中にあるとは思えないのだ。

それでも彼は、堂々とした態度をいっこうに崩《くず》そうとはしない。

「ティナ、私はずっと君一筋だよ。これまでもこれからも、私は君しか愛せない。……あっ、私たちの間に子ができた場合は別だよ？　そうなったら当然、ティナと子どもの両方を愛するに決まっているからね」

ヒイッ！　と悲鳴をあげそうになったが、すんでのところで呑《の》み込《こ》んだ。

博士は真面目《まじめ》な話をしているのかもしれない。が、彼が熱を入れて話せば話すほど、私

の中の熱は冷めていった。すでに限りなく絶対零度《れいど》に近い状態。

そして、美しい顔で「ティナ、ティナ」と私の名を軽率《けいそつ》に呼びながら、鼻から再び血を垂らす。

「……博士、また鼻血が出てますけど」

「心配ない、多少興奮しているだけだ」

「困ります、心配です、私の身の安全が」

どうやってなんと言い訳して、そこから逃《に》げ延《の》びたのか覚えていない。命からがら研究室に戻《もど》った私は、室長に体調不良と早退の意思を告げた。朝、幻獣《げんじゅう》に襲《おそ》われていたこともあり、特に訝《いぶか》しがられなかったのは好都合だった。

しかし、そもそもなぜ、博士とあんな話をしなければいけなくなったのか、振り返っても全く経緯《けいい》が思い出せない。

博士は私のことが好き？　なぜ？　いや、待って……そもそも「好き」とは一度も言われていなかったかもしれない。彼と話をしていたら、突然結婚式の話題に……なぜ？

気づかないうちに、私は彼と接点を持っていたのだろうか？　しかし、あれほど美しい人とこれまでに会っていたのなら、忘れるはずはないだろう。

帰宅後は相当混乱していたようで、昨日届いていた兄さんからの手紙をいつの間にか開《かい》封《ふう》していた。案の定、内容はいつもの定型文だった。

——元気にしているか。仕事には慣れたか。連《れん》絡《らく》がないから心配している。甘《あま》いものを食べるのもほどほどにするように。忙《いそが》しいかもしれないが、時間を見つけて便りを書いて欲しい——

せっかく気にかけてくれているのだ、私は感謝するべきなのかもしれない。でも、兄さんと接していると、自分のことがひどく矮《わい》小《しょう》な人間である気がしてくるのだ。

兄さんは父さんの会社の後《こう》継《けい》者《しゃ》としてすでにその手《しゅ》腕《わん》を発揮しつつある。その一方で私はまだ、しがない新米研究員。この圧《あっ》倒《とう》的《てき》な差のある現状では、兄さんに「だからティナはだめなんだよ」「僕《ぼく》の忠告を素《す》直《なお》に聞いていれば良かったのに」と言われても、彼を納《なっ》得《とく》させられるほどの反論の論《ろん》拠《きょ》が見当たらない。そもそも、兄さんに立ち向かえるほどのパワーがない。つまり返事など、とてもじゃないが今は書けないのが結論。

こういう日は、とびきり甘いものが食べたくなる。砂糖たっぷりのバタークリームに、こちらも砂糖がたっぷり入ったシャンテリークリームをのせて食べたい。この際生《き》地《じ》はいらない、クリームだけでいい。バタークリームとシャンテリークリームなら、カロリー同士がぶつかって相《そう》殺《さい》されてしまうので、太るはずもないのだし……多分。

翌朝。

クリームオンクリームなどという、名実ともに甘い野望が結局果たされることもなく、私はいつも通り職場へやってきた。

あのイっちゃってる博士はもちろん、トラブルの発端《ほったん》となったルノーさんにも、正直会いたいとは思えなかった。

私がルノーさんをどう思おうと、つまりどれだけ哀《あわ》れんでもどれだけ軽蔑《けいべつ》してもどれだけ下に見ようとも、彼が私の先輩《せんぱい》研究員であることは変わらない。彼から指示を受けたなら、雑用でもなんでも引き受けなければならないのだ。

そういうわけで、今日に限っては仕事に行くのが酷《ひど》く憂鬱《ゆううつ》で仕方なかった。

「おはよう」

「……え？　……わ、私に、ですか？」

「そうだ。お前以外に誰がいる？　……おはよう」

「あ、お、おはようございます、コックス室長……？」

幻獣への餌《えさ》やりと健康チェックのあと、廊下《ろうか》でバッタリ出くわしたのは、私の直属の上司であるコックス室長だった。私の挨拶《あいさつ》は無視されるのが常だったので、まさかの彼からの声掛《こえが》けに、私はすっかり面食らってしまった。

　やや乱暴な口調だったものの、彼から挨拶をしてもらえるなんて。今日は一体どうしたことだろう、空からシロップでも降るのか。

　髪《かみ》の生《は》え際《ぎわ》をぽりぽり掻《か》いて、室長はそっぽを向きながら言う。

「ティナ、明日からうちの研究室も、よそと同じく掃除《そうじ》を外注にしたから」

　大柄《おおがら》な彼の後ろに控《ひか》えていたのは、デンゼルさん。彼女《かのじょ》も先輩研究員。所員の中で数少ない女性の一人だが、正直、働き始めた当初からなぜか目の敵《かたき》にされていたので、女同士だからといってたいして仲が良いわけでもない。

「つまり、今後は私が掃除をしなくてもいいということですか？」

「当たり前よ。研究員として雇用《こよう》されたのだから、雑用ばかりでいいわけないでしょう」

「はあ……」

　デンゼルさんはそう言うが、昨日までは私が掃除をすることが「当たり前」だったはずである。

　この変化は一体全体なんなのだ。何か悪いものでも食べたのだろうか……いや、むしろ良いものでも食べた？

　なんだか腑《ふ》に落ちない。飴《あめ》でも舐《な》めて落ち着こうと、更衣室《こういしつ》のロッカーの扉《とびら》に手をかけた。

「え、え、……ええっ⁉」

昨日までは確かにあったはずの黄ばんだ——しかも所々ほつれまで見られる——白衣が、全て純白の白衣に変わっているではないか！

色が変わっただけではない。このしわのないピシッとした生地……きっと新品だ。

「ここ、私のロッカー……よね？」

扉に貼《は》り付《つ》けてある名札は、以前と変わらず「ティナ・バロウズ」。隅《すみ》に隠《かく》していたお菓子《かし》が置いた時のまま残っているから、やはりここは私のロッカーで間違《まちが》いないはずだ。

「コックス研究室が——」

「え？」

背後から、再びデンゼルさんの声。

「あんたがボロの白衣を着ていたら、コックス研究室の品位を疑われるでしょう？　出資者にあんたの姿を見られでもして、研究資金を止められたら困るのはこっちなのよ」

「は、はあ……」

伝統だと言って今まで散々ボロの白衣を着ることを強要しておきながら、この見事なまでの手のひら返しっぷりは一体どういうことだ⁉　と私は当然憤《いきどお》ったが、それでも、一人の研究員として、正しく扱《あつか》ってもらえることは嬉《うれ》しい。

「飼育幻獣の担当については、ルノーから話があると思うから」

「ゲッ⁉」

「……げ？」

　つい、汚《きたな》い音が口をついて出てしまった。怪訝《けげん》そうな顔のデンゼルさんを前に、慌《あわ》てて口元を隠しながら、上品に笑ってごまかしてみる。

「いえあの、了解《りょうかい》しましたウフフ」

　昨日の今日で顔を合わせたくなかったが、そんな私の願いとは裏腹に、しばらくするとルノーさんが研究室にやってきた。

　私の姿を見つけると、前例に倣《なら》って彼も視線を空中に逸《そ》らした。白衣のポケットからハンカチを取り出し、眼鏡《めがね》を外して磨《みが》きだす始末。気まずいのだな、とよく分かる。

　ルノーさんは目が小さいが、眼鏡を外すとより小さく見える。おそらく、眼鏡のレンズが遠視用なので、屈折《くっせつ》して実物より大きく見えていたのだろう。……などと、別にどうでもいい事実を見つけてしまって複雑な気分に陥《おちい》った。

　眼鏡を丹念《たんねん》に拭《ふ》きながら、視線を手元に固定したままルノーさんは言う。

「ティナ、こっち」

「……はい」

　顎《あご》を使った「ついてこい」というジェスチャーを受け、私は彼のあとを追った。

　おそらく幻獣管理棟へ行くのだろう。もしかしたら世話をする幻獣を減らされるのかもしれない。幻獣自体は好きなので、触《ふ》れ合《あ》える機会が減るのは寂《さび》しいな、と少しばかりがっかりしていたのだが、ルノーさんは第四級のいる二階ではなく三階へと向かっていった。三階はこれまで立ち入ることを許されていなかった区域になる。

「ここからこっちの幻獣な。吸血鶏《コカリトス》、催眠蛇《アスプ》、金角蹄《ズラトロク》。こいつらの世話もこれからはお前の担当だ。あと、茸妖精《エサースロン》も」

当たり前のように宣言されても、私の頭がついていかない。

「え、あの、これは第三級の……」

「そうだが、何か不満でも？」

「いえ……」

私にもっとたくさんの幻獣の世話を任せたいということだろうか？ なんのために？ 嫌《いや》がらせ？ それとも——

「担当が増えれば時間もかかるだろうから、午前中いっぱいはこいつらの世話に充《あ》てていい。時間が余れば好きに使え。……研究室にも、お前のデスクを設けておいたから」

——時間が余れば好きに使え。

今まで一度もかけられたことのなかった言葉。時間があればあるだけ、先輩たちに振《ふ》り回《まわ》されていたからだ。

加えて、デスク。これまでは同じ研究室の一員として認められていなかったから、デスクもなくて当然だった。座《すわ》りたい時は、予備の椅子《いす》に腰掛《こしか》けるくらいが関の山だったのに。

「いえ！　ありがとうございます！」

とにかく、よく分からないけれど、私に対する待遇が劇的に改善されたみたいだ。

世話を任される幻獣のランクが上がり、研究室には専用のデスクを用意してもらえた。

幻獣研究は私の夢。その夢がようやく叶《かな》うとあれば、嬉しくないわけがない。とはいえ。

「あの、ルノーさん……もしかして昨日の件で、ヴィルヘルム博士に何か言われました？」

手放しで喜べない自分もいるわけで。

私に背中を向けていた彼の肩《かた》がビクッと小さく飛び上がったのを見て、やはりあの博士が手を回したに違いないと確信を得た。

「いや……その、石鳥獣《ガーゴイル》は確かに、俺《おれ》のミスだった。勘違《かんちが》いしていた」

勘違い？　自分が世話をしている幻獣が逃《に》げて、その原因を全く無関係な私になすりつけようとしたのに……それが、勘違い!?

冗談《じょうだん》言わないでください、悪意を持って嘘《うそ》をついたんでしょうが！　と彼を罵倒《ばとう》したい気持ちに襲われたが、寸前で我慢《がまん》した。

ルノーさんとはまだ半年程度の付き合いなので、彼の性格を正しく把握《はあく》しているわけではない。けれど、おそらく、これまでいいようにこき使ってきた後輩《こうはい》に謝《あやま》るなど、彼にとっては耐《た》えがたい苦痛なのだろう。ここで私が彼を責めても、何も良いことなんてない。

「……不満か？」

そう思ったから、円満な関係を築くため、感情よりも理性を優先しておいた。

「よくよく考えてみれば、お前の扱いも少し見直すところがあったかもしれない。もう半年経《た》つし、いい加減少しずつ研究所内の規則も分かってきた頃《ころ》だろうし」

「……ご指導、今後ともよろしくお願いします」

ルノーさん、コックス室長、それからデンゼルさん。

ヴィルヘルム博士はいったい彼らに何を言ったのだろうか。

私のことを破れ雑巾《ぞうきん》のようにあしらってくれていた彼らに、博士が何をどうしたら、こんなに態度が軟化《なんか》するのか。……ルノーさんの発言は相変わらず自己弁護を優先していたが、以前の彼から考えれば、大きな進歩だと感じる。


「──それで、私が何を言ったのか、気になったというわけだ？」

「そうです、ヴィルヘルム博士」

一人であれこれ考えていても、結局は推論の域を出ない。気になりだしたら居ても立ってもいられなくなった私は、ピカピカの白衣を身に纏《まと》い、あまり顔を合わせたくなかったが勇気を出してヴィルヘルム博士に会いに行った。

博士もまたピカピカで、糊《のり》がビシッと利《き》いた白衣を身に着けていた。白衣の襟元と裾から覗《のぞ》くスーツもビシッと整っており、足先にある革靴《かわぐつ》も、一点の曇《くも》りもなく磨《みが》き上《あ》げられている。どこの貴族かと見紛《みまが》うような長い銀髪は乱れることなく後ろで一括《ひとくく》りにまとめてあるし、おまけに、この、美しいお顔。

本当に、口さえ開かなければどこに出しても恥《は》ずかしくない、国宝級の芸術品なのに。

博士が私の頭のてっぺんからつま先まで、時間をかけてじっくり眺《なが》める。今日ばかりは、あえて私も受けて立つ。

黄ばんだ白衣に身を包む『雑用係ティナ・バロウズ』はそこには存在せず、『新人研究員ティナ・バロウズ』が堂々と立っている。そんな様を堪能《たんのう》したのか、博士は満足げに微笑《ほほえ》んだ。そして、清々《すがすが》しい表情で告げる。

「結婚式、どこで挙《あ》げるか考えてくれた？」

「考えてません！」

話の流れなどマルッと無視だ。この男の脳内は、春まっさかりのお花畑なのだろうか。

「新婚《しんこん》旅行の行き先は？」

「考えてません！」

「じゃあ、指輪の――」

「ヴィル博士っ！」

私が何をしに所長室へやってきたのか、彼は絶対に分かっているはず。

「ティナ……？　今、私のことを『ヴィル』博士と呼んだね……!?　こ、これは私たちの仲が進展したあかし！」

「違います、博士のお名前が長いので省略しただけです。……じゃなくて！」

大きな目をカッと見開き、何やら感動している様子。腕《うで》を広げてあわよくば、私がそこに飛び込んでくるのを待っているような……。冗談じゃない、勘弁《かんべん》してくれ！

「そうではなくて、ヴィル博士、私の所属する研究室のコックス室長やデンゼル研究員やルノー研究員や……とにかく、彼らに何をおっしゃったのですか？」

昨日の段階で、ルノーさんに釘を刺すとは聞いていた。けれど、私への待遇が激変するほどのことを言ったとしたら、一言程度では済まないだろう。そしてきっと、ルノーさんだけでなくコックス班全員に何かを伝えているはずだ。

「私の話が聞きたいのなら、まずは座ってもらおうか」

「いいですけど、博士は私の隣《となり》ではなく、テーブルを挟《はさ》んだ向かいに座ってくださいね」

「あはは、そんなに照れなくても」

「照れていません、警戒《けいかい》しているんです！」

夫婦漫才《めおとまんざい》かよ、というツッコミが脳裏《のうり》を過《よ》ぎったが、博士と夫婦《ふうふ》などとんでもない、と慌てて失言——脳内での——を撤回《てっかい》した。

「コックス班の君に対する扱いに、私はかねてより不満を抱いていたんだ」

博士は渋々《しぶしぶ》私の正面のソファに座り、長い足を組みながら話しだした。

私に対する扱い。もしかしてそれは、雑用を命《めい》ぜられたりしているという……。

「ティナのことは純粋《じゅんすい》に、研究者としての才能を買って採用した。だからこそ、君をあの愉快《ゆかい》な共同研究を進めているコックス研究室の配属としたのだが、まさかオンボロの白衣を強要して、雑用係をさせるとはね。それも、半年もの間、ずっと」

心臓が少しずつ高鳴りだした。博士の性格は破綻《はたん》しているが、私の憧れの研究者だ。その彼が私のことを認知《にんち》してくれていたとあって、嬉しくならないはずがない。

「私は、コックスたちが君を蔑《ないがし》ろにする正当な理由があるのか、見極《みきわ》めるためにこれまでずっと静観していた。その結果、君の仕事ぶりに特段の問題は見当たらなかったため、今の扱いは不当だと判断した。労働環境《かんきょう》の配慮《はいりょ》は当然ながら事業者に課せられた義務だし、心理的安全性も生産性の向上にはとても重要な役割を果たす。だから今回の件を機に私が介入《かいにゅう》しただけだ。……ただ、声を掛《か》けるのが遅《おそ》くなってしまって、君には申し訳ないことをしたと思っている」

私だってあのままでいいとは思っていなかったから、所長である博士が気づき動いてくれたことにはとても感謝している。……でも、少し心配していることもある。博士も私の表情がまだ晴れないということを感じ取ったみたいだ。

「君のその浮《う》かない顔は、今後のコックスたちとの関係を考えると、具体的になんと言ったのか気になっている、といったところかな？」

図星だ。博士が室長たちに無理な働きかけをしたのならば、これから先、根に持たれる可能性だって出てこないとは言い切れないのだ。

「安心したまえ。ただ単に、伝聞《でんぶん》ではなく見たものを信じろと忠告しただけだ。私はティナの能力を認めたからこそ採用したのだ、君たちも判断は自分で下せ、とね」

伝聞ではなく見たものを……？　ということは、彼らは誰かから私のことを悪く聞いて、あの態度を取るに至ったということ？　だとしたら、それは一体、誰？

「ティナ、君に特別な品物を進呈《しんてい》しよう」

私が新たな疑問を抱いたことを知ってか知らずか、博士がソファから立ち上がった。私は当然身構えた。

特別な品物？　高価な貴金属だったらどうしよう。まさか指輪？　結婚がどうとか言い出したり、金ならいくらでもあると豪語《ごうご》するような人である。もしかしたら贈り物《おくもの》をして私を懐柔《かいじゅう》しようとするのかも――

しかし、博士が持ってきたものは、真っ白なお皿にのせられた、小さな、四角い、ケーキだった！

「今日は偶然《ぐうぜん》、ケーキ屋の前を通りかかってね。ティナは甘いものに目がないのだろう？

ラムレーズンのレアチーズケーキだが、こういうのも好物かな」

「大好きです！　ありがとうございます！　頂きますっ！」

返答が若干《じゃっかん》食い気味だったかもしれないが、この私がおケーキ様を見せられて、冷静でいられるわけがない。

クリームチーズの生地の中に、ラムレーズンがちらほら見える。香《かお》り高いラム酒が鼻腔《びこう》をくすぐり、私の興奮も高まっていく。

もうだめ、こんな素敵《すてき》なものを出されたら、懐柔されても仕方ないかもしれない。せっかくだし、捨てることになったらもったいないし、とあれこれ言い訳を考えながら、お皿に添《そ》えられたフォークで切って、口の中へとケーキを運んだ。

ああ、なんて美味《おい》しいの。濃厚《のうこう》なチーズと、歯ごたえのよいレーズン、クラクラしそうなラム酒の香り。

「……博士は召《め》し上《あ》がらないんですか？」

半分まで食べ進めた頃ようやく気づく、博士の前にはお皿がないことに。

「私はいらないよ。あいにく、アルコール類が苦手なんだ。アセトアルデヒドの分解ができなくて」

上品にぶどう酒を嗜《たしな》む姿は、なかなか絵になると思ったのに。容姿からは一分《いちぶ》の隙もなく見えるのに、苦手なものがあったなんてなんとも人間らしいじゃないか。

あと、と博士はぽつりと付け足す。

「レーズンも摂取《せっしゅ》すると、腎臓《じんぞう》機能《きのう》に障害が出る可能性があって」

「どういうことですかそれは。博士の正体は犬ですか」

冗談なのかなんなのか、天才の考えることは私にはちょっと難解だ。


思いがけないご馳走《ちそう》を頂いたあとで、私はお礼を伝えて所長室を立ち去ろうとした。

「お忙しい中、どうもありがとうございました。美味しいものまで頂戴《ちょうだい》してしまって」

「また来るといい。甘いものは常に切らさないようにしておくから、絶対に来てくれ。絶対にだ」

博士は少し……いや、とても変わっている。だからあまり関わり合いになりたくないが、甘いもので私を釣《つ》ってくれるのなら、その限りではないかもしれない。

元々彼に憧れてこの研究所に来たのだし、私に結婚どうのとさえ言い出さなければ、至って真面目な研究者なのだ。おそらく。

「ところで、どうして博士は私が甘いものが大好きなことをご存知で？」

「それは当然、君をストーキングしてきたから判明した事実で。……あ、いや、今のは訂正する。他の所員が話していたのを耳に挟んだということにしておいて欲しい」

「無理です」

幻獣に対する探究心を、何も私にまで向けなくても！

至って真面目な研究者？　これが？　新人研究員をストーキングしてしまうような人が、果たして「真面目」だと言える？　と頭がグルグルしていたところ、博士が右手を不意に上げた。

昨日は手を握られたが、今日は何をされるのか。警戒心から思いのほか体が過剰《かじょう》に反応し、肩をビクッと揺《ゆ》らしてしまった。

しかし、彼の手は私に触《ふ》れることはなく、自身の顔に垂れる髪を己の耳にかけただけだった。

「君が嫌がることはしない。触れて欲しくないのなら、残念だが我慢しよう」

見上げたそこには博士の顔。銀色の睫毛《まつげ》が、頬《ほお》に影《かげ》を落としている。

「それでは、ティナ。次に会える時を楽しみに待っている」

この人のことは、結局よく分からない。

4 幻獣を統べる王

ルノーさんからの指示を受け、世話をする幻獣《げんじゅう》が増えたので、その分私の仕事量は増えた。一方で、あれだけ頻繁《ひんぱん》に任されていた雑用がとんと減ったので、総じてみれば自由な時間が以前より圧倒的《あっとうてき》に増えたのだ。

もちろん、書庫から文献《ぶんけん》を探してきたり、書籍《しょせき》の中から必要な記述を見つけ出すなどの用事は先輩《せんぱい》研究員から時折頼《たの》まれることもあったけれど、それはどこの研究室でも新人研究員には当然の仕事であるのだから、特に不満などない。

また、喜ぶべきことに、私も共同研究の末席《まっせき》に加えてもらえることになった。

私の所属するコックス研究室では、擬態中《ぎたいちゅう》の幻獣に投与《とうよ》するとその擬態を強制的に解除できる新薬を開発しているという。その名も「エリクサー」。中世錬金術《れんきんじゅつ》の万能薬《ばんのうやく》エリクサーから、名を拝借《はいしゃく》したそうだ。

幻獣の中には、外敵に幻を見せ実際よりも強いと錯覚《さっかく》させ、相手の戦意喪失《そうしつ》を誘《さそ》う能力を持っているものがいる。かと思えば、幻覚《げんかく》を見せるのではなく、外形を他の幻獣、あるいは動物に変化させ――つまり擬態して――、襲撃《しゅうげき》を防いでいる幻獣なんかもいるのだ。

この新薬エリクサーは、後者の幻獣に作用を示す。

以前ヴィル博士が「愉快《ゆかい》な共同研究」と言っていたのは、この研究のことだった。「愉快」かどうか、またその言葉の真意は不明だが、エリクサーが実用化されれば、幻獣研究がまた一歩進むのかもしれない。

何が何に擬態しているのか、どうしてその生物に擬態しているのか、あるいは、擬態とは見た目だけなのか能力も含《ふく》むのか。

画期的なことだとは思う。けれど、手放しに「素晴《すば》らしい」とは、私には思えなかった。

幻獣は、ただでさえ数が少ないとされている。にもかかわらず、新薬を開発してまで実態を根こそぎ暴いて晒《さら》してしまうというのは、倫理的《りんりてき》にいかがなものか。未知を解明していく姿勢は研究者には必要不可欠なのだろうが、生態系や環境《かんきょう》をむやみやたらに破壊《はかい》することはあってはならないことだと思う。もちろん、私のような新人が意見したとしても、長くこの研究を進めてきた先輩《せんぱい》がたには馬耳東風《ばじとうふう》もいいところだ。

完成まではあと少し。薬の安定性をもっと上げることができれば、実用化に向け研究所内での検証作業が始まる。この段階で研究を止められるのは、もっと立場が上の……そう、ヴィル博士くらいのものだろう。

そして、変化はもう一つ。

幻獣に対する私の過度な熱のせいかは分からないけれど、私がこれまでつけていた幻獣の観察記録がとても詳細《しょうさい》で参考になるということで、所属の異なる研究員たちがこぞって見にくるようになったのだ。定年が近いベテラン研究員までが訪ねてくれたこともある。

私の将来の夢は、立派な研究者になること。ヴィル博士のように世界各地を飛び回り、たくさんの幻獣に触《ふ》れること。

その夢が突然《とつぜん》、グッと近づいてきた気がした。共同研究の傍《かたわ》らで個人的な研究や調査を始める時間も取れそうだし、場所もあるし、何より心の余裕《よゆう》もある。

ルルイエ幻獣研究所で働き始めて半年とちょっと。ようやく私は「充実《じゅうじつ》している」と、素直《すなお》に実感することができた。

甘《あま》いものは相変わらず摂取《せっしゅ》していたけれど、クリームオンクリームだとか、バターブリユレだとか、甘党《あまとう》でない人からしたら「気持ち悪い」と言われかねないメニューを食べたいと思うことは減っていった。

労働時間についても、定時直前、もしくは定時後にまで雑用を命じられたりしていたのに、最近は夕方になるとむしろ「早く帰れ」と言われることが多くなった。残業をすることはあるものの、特段急ぎの案件がない以外、私はありがたく帰らせていただいている。

だって、定時で上がればまだたくさんのお店が開いているので、ケーキだってドーナツだってクレープだってなんだって買えるのだ……！　こんな幸せなことがあろうか、いや、ない――反語――！

今日も定時で上がることができた私は、ふと思い立って研究所併設《へいせつ》の博物館へ足を伸《の》ばした。

ルルイエ幻獣博物館――たいへん安易《あんい》なネーミング――は、研究所でどのような研究をしているのか、一般人《いっぱんじん》に伝える目的で建てられた施設《しせつ》だ。研究レポートだけでなく、剝製《はくせい》や骨も展示してある。もちろん、十九年前に現れた竜《りゅう》の骨格標本も。

閉館まであと一時間。久しぶりに、私は「彼《かれ》」に会いたくなった。

学生の頃《ころ》、私はここに足繁《あししげ》く通っていた。

――竜。

私が幻獣研究の道を志《こころざ》すことになったきっかけであり、憧《あこが》れ。

入所してからこの博物館にやってきたのは、今日が二回目だ。職場とは同じ敷地内、目と鼻の先にあるにもかかわらず、仕事に忙殺《ぼうさつ》されてついつい足が遠のいてしまっていた。

受付で身分証明書を提示し、迷うことなく二階の大展示室へ向かう。周囲にはいくつもの幻獣の写真、剝製、骨模型。私はそれらに目もくれなかった。

少し駆《か》け足《あし》になっていたかもしれない。息も弾《はず》んでいたかもしれない。

仕事中は一つにまとめていた髪《かみ》を解きながら、解放感いっぱいに、私は最後の階段を駆《か》け上《のぼ》った。

「――いた」

いないわけがない。

けれど、自然と声が出た。

見上げる高さ。大きな頭蓋骨《ずがいこつ》。顎《あご》には鋭《するど》い牙《きば》。きっと私など、たいした力も必要とせず咬《か》み砕《くだ》くことができるだろう。……でも、きっとしない。竜はそんなこと、しない。


今から十三年前、私が八歳の時のこと。

幼い頃の私は、それはそれは病弱だった。育ててくれた両親に申し訳ないくらい、幾度《いくど》となく熱を出して寝込《ねこ》み、治ったかと思えばまたすぐ熱を出していた。学校に通おうにも体力が保《も》たないだろうからと、家庭教師をつけられて、それこそ深窓《しんそう》の令嬢《れいじょう》のように、家の中での生活に身を置いていた。

体調が良《い》い日が続けば、兄さんに付《つ》き添《そ》われて外出できたこともあった。滅多《めった》に姿を見せない私は近所の子どもたちにとっては珍《めずら》しかったようで、出くわすたびに好奇《こうき》の視線を向けられていたっけ。

「一緒《いっしょ》に遊ぶ？」

そう言って、私を仲間に入れようと誘ってくれた子もいた。

私は「うん」と言おうとした。

「ごめんね。妹は体が弱いんだ」

けれど、私が返事をするより先に、決まって兄さんが断りを入れた。確かに、散歩だけでも重労働の私が、元気の有り余った子どもたちと遊ぶなど、控《ひか》えめに言っても自殺行為《こうい》と等しかったのかもしれない。そうするうちに、いつだって遊びの輪に加わろうとしない――加われない――私は、自然といじめの対象となっていった。

「どうしてこんなことをするんだ？　ティナは病気なんだから、しょうがないじゃないか！」

兄さんはいつも私を庇《かば》ってくれた。乱暴な男の子に小突《こづ》かれたりしているのを見つけると、私とその子の間に入り、身を挺《てい》してまで守ってくれることもあった。

だけど私は知っている。自分が本当は養子だということを。両親――養親《ようしん》――と兄さんが、「ティナは自分が養子だと知らない」と考えていることを。

実親《じっしん》がどうして死んだのか――葬式《そうしき》に出た記憶《きおく》はあるので、死んだこと自体は事実なのだろう――、どうして私がバロウズ家の養子となったのかについてまでは、二歳《さい》か三歳頃のことだし、誰《だれ》にも聞けないことなので私は今も知らないままだ。

養母に抱《だ》きついたことはある。養父にも、兄にも、幾度となく。しかし、「この人と私は血が繋《つな》がっていない」という思いが消えることはなく、心の底から甘えることはできなかった。

私は自分の病弱な体が憎《にく》らしかった。私を家族に迎《むか》え入《い》れてくれた心優《やさ》しい人たちの手を煩《わずら》わせるのが申し訳なかったし、いじめられる自分も許せなかった。だからずっと、変わりたいと思っていたのだ。

「弱虫毛虫のティナが来たぞ！　今日はお守《も》り役《やく》はいないのか？」

「わたしはひとりでもへい気なの！」

過保護《かほご》な兄さんはいつも私に「ティナは体が弱いし、そのせいで友達もいない。一人では何もできないのだから、外出するときは僕《ぼく》と一緒じゃないとダメだよ」と言い聞かせていた。しかし、何もできないのが事実でも、私はそれを克服《こくふく》したかった。兄さんがいなくても、私一人でもできることがある、自分にだって価値があると、そう思える何かが欲《ほ》しかった。

だからその日、私は兄さんが不在の隙《すき》を見計らい、こっそり屋敷《やしき》から抜《ぬ》け出《だ》したのだ。

リーダー格の男の子が、腕《うで》を組んで私を威圧《いあつ》しながら言う。

「一人で平気だって？　じゃあ俺《おれ》らと同じ遊びができるのかよ」

「で、できるわ！」

もちろん、「できない」などと言えるはずもない。

それに、今まで参加する機会がなかっただけで、やってみれば、意外と大丈夫《だいじょうぶ》かもしれない、という淡《あわ》い期待もあったのだ。

私は鬼《おに》ごっこに参加した。ルールすら知らない私に簡単な説明をし、さらに仲間に入れてくれるなんて、彼らを「いじめっ子」と断じてしまうのは間違っていたのかもしれない。

けれど結果は散々なもの。

最初の鬼は他の子がやったが、足が遅《おそ》く体力もない私は、すぐに捕《つか》まって鬼役に交代させられてしまったのである。

地獄《じごく》はそこから。どれだけ必死に走ってみても、普段《ふだん》散歩くらいしか運動をしない私が、毎日公園を縦横無尽《じゅうおうむじん》に駆《か》け回《まわ》っている彼らに追いつくことなどできなかった。

手を伸ばせば触れられそうな距離《きょり》でも、私が虚《きょ》をつこうとするたびさっと体を翻《ひるがえ》して逃《に》げられてしまう。くやしいことに、何度やってもそれは同じ。

「あっははは！　鬼のくせに、誰一人捕まえられてないじゃん！　ちょっと走っただけで息が上がってるし、そんな足の遅い鬼じゃ、誰も捕まえられねえぞ！」

「うう……っ」

何度か転んでしまったおかげで、ふわふわのピンクのスカートは泥《どろ》だらけ。

心臓は飛び出しそうなほどドクドクと鼓動《こどう》を繰《く》り返《かえ》していて、おまけに、目には涙《なみだ》が浮《う》かぶ始末。

「かならず、つかまえて、やるんだから！　なにも、できないこと、ないもん。わたしだって、やれば、できるもんっ！」

息継《いきつ》ぎの合間に細切《こまぎ》れに、私は本音を呟《つぶや》いた。

「すぐにはむりでも、ちょっとずつじょうぶになって、こうてつの肉体と、きん肉ののうみそを、手に入れるんだからっ！　そしたら、きっと……！」

鋼鉄の肉体と筋肉の脳みそ。絵本に出てきた超人《ちょうじん》ヒーローのことだ。男の子たちが公園に置き忘れたものを読んだのだ。仮に私が病弱でなかったとしても、その夢を叶《かな》えるのは難しいとは思うけれど、彼らは意外にもばかにしなかった。

「だったら、あれしかないよなー」

「ねー」

それどころか、彼らは私にあることを教えてくれた。

「竜だよ」

「……りゅう？」

これこそが、きっかけ。

これこそが、始まり。

「ティナんちの裏を進んだところに深い森があるだろ？　その森の奥《おく》の奥、そのまた奥に竜っていう幻獣が住んでるんだって。大きくて、翼《つばさ》が生えてて、鋭い牙がある。そいつを食べると、体がうんと丈夫《じょうぶ》になるんだって、俺の父さんが言ってた」

文字の勉強に、算数の勉強。それと少しの歴史の勉強。

家庭教師が与《あた》えてくれた知識の中に、「竜」の項目は欠片《かけら》もなかった。ましてや家族の会話の中にも。

「むかし、本物の竜を捕まえた人がいるんだって。その人が竜の肉を食べたら、フローフシになって、それ以来風邪《かぜ》をひかなくなったんだって」

「でも、竜はすっげえ珍しいっていうからな。俺たちでも見たことないんだぜ？　弱虫毛虫のティナじゃ、見つけることすらできないだろうけどな！」

走り回ったせいで、その日の夜は熱が出た。数日後、熱が下がってすぐ、私は再び屋敷を抜け出した。目指すは、あの男の子が教えてくれた森。

竜は幻獣の中で最も個体数が少なく、これまで人間が発見できたのはたったの数頭。そんな珍しい幻獣に、子どもが簡単に会えるわけがない。

今の私なら分かることだが、あの時は絶対に会えると信じ込んでいた。予感なんていう洒落《しゃれ》たものではなく、幼さゆえの無知から来る、妙《みょう》な自信。

小さな水筒《すいとう》に紅茶を入れて、あとはお腹《なか》が減った時のために、砕《くだ》いたアーモンドののったクッキーを二枚。服装はいつも通りの、裾《すそ》がひらひらしたワンピースと薄《うす》いコートと、ふくらはぎ丈《たけ》の編み上げブーツ。

散歩程度の軽装で、私は無謀《むぼう》にも森へ足を踏《ふ》み入《い》れたのである。

最初は木々が生えているだけの、そこそこ平坦《へいたん》な道のりだった。だんだんと下生《したば》えが長くなり、植物が密生し、暗くなっていった。急斜面《きゅうしゃめん》は可能な限り避《さ》けたが、あたりを走る太い木の根は八歳の子どもにとってなかなかの障害となっていた。

幸いにして、昼間。

薄暗《うすぐら》いものの太陽がかろうじて私を照らしてくれていたので、得体の知れない動物の鳴き声が聞こえても、臆《おく》することなく森を突《つ》き進《すす》むことができた。

……どれくらい歩いただろうか。

子どもの足、それも普段運動などしない子どもである。ヘトヘトだったが、実際には大して進んでいなかったのではなかろうか。

小川を見つけた私は、これ幸いと駆《か》け寄《よ》り、顔を洗った。

季節は初夏だったにもかかわらず、森の湧《わ》き水《みず》は冷たいままで、火照《ほて》った顔にとても気持ちがよかった。ついでにひと休みしようと、私は腰《こし》を下ろせる場所を探した。そして、あたりを見回したところで、見つけたのである。

『大きくて、翼が生えてて、鋭い牙がある』

無謀が過ぎていたと思う。「竜」に会いたくて森へ来たのに、それがどんな姿をしているか、あの男の子から聞いたこと以外の一切《いっさい》を、愚《おろ》かな私は知らなかった。

「あなたは？」

「…………」

大きくて、翼が生えていて、鋭い牙は……よく見えない。

翼には羽がない代わりに、薄い膜《まく》が張っていた。背中の方に折りたたんであったが、猫《ねこ》が尻尾《しっぽ》を揺《ゆ》らすみたいに時折気まぐれに動かすので、乳白色の膜が見えた。

巨体を覆《おお》う白い鱗《うろこ》は光の加減で虹色《にじいろ》に反射し、一枚一枚が真珠《しんじゅ》のような光沢《こうたく》を帯びていて美しい。大きな瞳《ひとみ》は晴れ渡る空のような淡く透き通った水色。森の中にぽっかり開いた空き地に座し、その頭上から射《さ》し込む光を浴びていた。

木陰《こかげ》の中にいた私は、その「塊《かたまり》」と見つめ合った。

「あなたは、もしかして、……りゅう？」

「…………」

返答がないことも気にせずに、私はそれに話しかけた。

「わたしの名まえはティナっていうの。りゅうのおはなしをきいて、ぜったいに会わなくちゃ！　っておもって、それであなたに会いにきたの！」

地面すれすれの位置で揺れる尻尾の近くには、鋭い鉤爪《かぎづめ》のついた肢《あし》。私の命など簡単に奪《うば》ってしまえただろうに、竜にその気配はなく、また、私も恐怖に思わなかった。

地鳴りにも似た唸《うな》り声とともに、その塊──竜──が口を開いた。聞いていた通り、鋭い牙が並んでいる。

「──のため……」

「え？」

竜が喋《しゃべ》った。人語だった。

竜がヒトの言葉を理解することは、どの文献《ぶんけん》にも明確には書かれていない。ただ、おとぎ話に近い伝承の中に、かつて会話を交《か》わした者がいたとの故事《こじ》が残っているだけだ。

しかし、竜は他の様々な幻獣や動物と意思疎通《そつう》ができると考えられている──十八年前に発表されたヴィル博士《し》の論文による──ため、そうであるならばヒトとだって話せて当然だという説が多数を占めている。

実際に、私はこの時竜と言葉を交わしたのだ。夢ではない、現実だったと断言できる。

「なんのため、お前は私に会いに来た？」

「あのね、あなたをたべたいの！」

「………」

今にして思えば、よく殺されなかったと思う。

竜の血肉には不老不死の力が宿っている、という話は、人魚伝説と同じようにずっと昔からまことしやかに語られている。当然ながら、実際に食べた者がいるかどうかは、信《しん》憑《ぴょう》性《せい》のある記録としては確認されていないけれど。

見ず知らずの人間に堂々と「食べたい」と乞《こ》われた竜の心境は、さぞ複雑だったことだろう。怒《いか》りか、困惑《こんわく》か、悲しみか。もちろん、当時の私に察せられるわけがない。

「あのね、わたしは体がよわくて、お友だちとあそべないの。兄さまからは、ティナはなにもできないっていわれているわ。でも、あなたをたべると体がじょうぶになるってきいたの。だから、ほんのすこしでいいから、わたしにたべさせて！」

竜が頭を下げ、私に顔を近づけた。

もしかしたらパクリと丸飲みされていたかもしれない。その可能性に気づかない私は、物怖《ものお》じせずにじっと竜を見つめ返した。

「あなたの体はとてもおおきくて、ぜんぶたべきれない。だからちょっとだけ。ね？」

それどころか、私はさらに懇願《こんがん》を重ねた。

「あのね、わたし、クッキーをもってきたの！　おいしいから、いっしょにたべましょう？」

ポシェットの中からハンカチに包まれたクッキーを取り出し、毒味よろしく一枚は私が。そして残りのもう一枚を、竜の目の前に掲《かか》げた。

わずかに――私の腕どころか頭がゆうに入りそうな隙間《すきま》だったけれど――開いた口の間、

舌の上に乗せてあげると、竜は上を向いてクッキーをゴクン、とひと呑みにしてしまった。巨大《きょだい》な体には欠片ほどのクッキーだ、咀嚼《そしゃく》できるほどの大きさでもなかったのだろう。

それから竜はフン、と鼻息を私に吹《ふ》きかけた。

「……いいだろう。クッキーの礼だ、少しだけ分《わ》け与《あた》えてやろう」

「ほんとう⁉」

クッキーが賄賂《わいろ》として有効な働きを見せたのか、はたまた単なる気まぐれか。

「分け与えるのは肉ではない、血だ。私の血を少しだけ飲ませてやる」

「ちでもげんき気になれるのね？　ありがとう、うれしいわ！」

あの時の私は恐《おそ》れ知らずだった。子どもならではの純粋《じゅんすい》さで、私は素直に喜びを伝えた。

「ただし、私ばかり血を流すのは不公平だ。お前も私に血を分けてくれ」

前肢《まえあし》を折り曲げ、竜が頭をそこに預ける。体は鱗に覆《おお》われていたが、大きな目の上には長い長い銀色の睫毛《まつげ》が輝《かがや》いていた。

「わたしの、ち？　いいけど、わたしは体が小さいから、あなたにゴクゴクちをのまれたら、すぐにひからびてしんじゃうわ」

「安心しろ。ほんの一滴《いってき》だけでいい。……腕を出してみなさい」

「こう？」

私は手のひらを上にして、左の腕を差し出した。

竜が、前肢の爪をほんの少しピクリと動かす。すると、差し出した手首のあたりに閃光《せんこう》が走った。

「あっ？」

静電気が発生したかと思った。チリッとした痛みののち、血がぷくりとふくれた。

「この一滴だけで十分だ」

もっとたくさんの血液をよこせと言われると思っていたが、本当に、たった一滴だけでよかったらしい。拍子《ひょうし》抜《ぬ》けして私は笑った。

「それならいいわ。あなたにあげる」

竜は大きな口を開き、舌先で私の血を舐《な》めた。舌先といっても元々がとても大きいので、ひと舐めされただけで手のひらから腕までベットリと唾液《だえき》に塗《まみ》れてしまったけれど。

「うふ、くすぐったい……」

「次は私の番だ」

また竜が、前肢の爪をピクリと動かした。

次は竜自身の爪の上に閃光が走り、一枚の鱗がわずかに欠けた。そこから真っ赤な血が垂れる。皮膚《ひふ》の窪《くぼ》みに溜《た》まって、とどまりきらない血液が爪を伝ってポタリとこぼれた。

「さあ、飲め」

私はもっと竜に近寄り、己《おのれ》の背丈《せたけ》ほどもある爪に触れた。

とろとろと蜜《みつ》のように垂れる血に顔を近づけて、臆することなく口に含む。

「……ふしぎなあじ」

「……もうよかろう。これでお前……ティナの体は風邪一つひかない丈夫な体に生まれ変わった。そして、我らの――」

あの時、あの竜は最後に私に何を伝えたのだったか。

記憶はそこでいったん途切《とぎ》れ、気づいた時、私は森の入り口で一人倒《たお》れていたのだ。

もしかしたら夢だったのかもしれない。けれど、二枚持っていったクッキーは確かに姿を消していたし、左手首には小さな傷跡《きずあと》ができていた。あの時、竜の魔法《まほう》――説明のしようがないので「魔法」と形容するほかない――を受けた場所だ。血はすでに止まっていたけれど、今でも残っているこの星みたいな傷跡は、竜との出会いが私の夢ではなかったことを証明してくれている。

それ以降、私はとても元気になった。多少走ったくらいでは息も上がらなくなり、男の子から聞いたとおりに風邪一つひかない丈夫な体を手に入れた。もしかしたら成長に伴《ともな》い体力がついただけかもしれないが、竜に出会う前と後で激変しているのも事実。だから私はあの竜のおかげだと信じている。

「そして、我らの……？　そういえばあの時、なんて言われたんだっけ」

研究員になった今も、どうしてもそこだけが思い出せない。

「名前も聞きそびれちゃった。せっかく言葉が通じたのに、あの――」

私は独《ひと》り言《ごと》を中断した。何かの音……靴音《くつおと》が近づいてきたからだ。

振《ふ》り返《かえ》った先にいたのは、博士。

ヴィルヘルム博士だった。

「やあ、ティナ。今日も可愛《かわい》いね」

「や、やめてください気持ち悪い」

博士は何をしにここへ来たのだろうか。研究者として、かつての研究対象に会いたくなったただけなのか、それとも、私を捜してここへ来たのか――あまり考えたくないことだけど――。

「ティナ……何かあった？　元気がないように見えるけど」

私は竜の骨格標本に向き直った。

どうしてだろう、学生の頃は、この竜に会うのをとても楽しみにしていた。現に今日もそうだったのに、実際に久しぶりに目にしたら、なぜだか素直に楽しめない自分に気がついた。

足を運ぶたびワクワクしていた昔とは違《ちが》い、確かに魅力的《みりょくてき》ではあるが、今はどうしてか心の奥底《おくそこ》がざわざわと音を立てるのだ。

「もしかして、仕事がつまらない？」

「いえ、その逆です。とても充実しています。その節はどうもありがとうございました」

私の隣《となり》に博士が立つ。

身長は私より頭一つ分高く、背筋もしゃんと伸びているので立ち姿だって美しい。が、若干《じゃっかん》の変態。

「まあ、欲を言えば、私も野外調査に行ってみたいんですよね。コックス研究室の今の研究を一段落させるのが当面の課題なので、そんな我《わ》が儘《まま》通らないのは分かっているんですけど」

博士は完璧《かんぺき》なように見えて、全然完璧なんかじゃない。そんなところに親近感を抱いてしまったのか、気づけば私は自分の中の夢を彼に曝《さら》け出していた。

もちろん、博士になんとかして欲しくて言ったわけではない。単なるお喋《しゃべ》りの延長みたいなものだ。博士もそれを承知のうえで「野外調査？　竜の？」とカマをかけてくるものだから、こちらも笑って「はい」と答えた。

博士は一歩踏《ふ》み出《だ》した。すぐ目の前には竜の骨格標本がある。立ち入り禁止のロープが張られているものの、手を伸ばせば触れられそうなほど近い。

「竜は、知っての通り、幻獣の中で最も個体数が少ない。人間に見つかってしまえば最後、この竜のようにいい実験材料にされてしまう。だから、彼らは身を隠《かく》すことを学習し、さらには体の構造をも変えてしまった」

「体の、構造……？」

なんの話だろうか。

「擬態《ぎたい》だよ。竜は身を隠すため、変化《へんげ》の術を体得した。彼らは、人間の姿に擬態ができるんだ。元の姿のまま巨体《きょたい》を持て余すよりは、ヒトに擬態しヒトのコロニーに紛《まぎ》れて生きていく方が身の安全が確保できると学んだのさ」

「擬態……」

コックス研究室で開発が進められている新薬エリクサーのことが、まず頭に浮かんだ。

「竜は全ての幻獣、全ての動物を従えることができる。もちろんヒトは除外するが。さらに竜の中に存在する『竜王《りゅうおう》』は、竜の頂点に立つその名のごとき『王《キング》』だ。全ての生命の源《みなもと》であり、全ての生命の進化体。竜は同種間での有性生殖《せいしょく》により子孫を残すが、竜王だけは異種間での有性生殖により子孫を残す。だから竜『王』であり、源であり、進化体でもある」

博士の口から滔々《とうとう》と紡《つむ》がれる話は全て、私の知らないことばかりだ。

「ただ、竜に共通する面倒《めんどう》なこととして、一度番《つがい》になったなら、一生涯《いっしょうがい》その相手を変えることができないんだ。竜は愛情深い生物だから、もし片方が死んでしまえば、遺《のこ》された方も寂《さび》しさで死んでしまう」

最後に彼は「これらはまだ、どこにも発表していないことだけど」と付け加えた。

そうだろう、博士の論文には全て目を通してきたが、初めて聞く説ばかりだったから。

「それで、ティナ」

博士が振《ふ》り向《む》く。

どことなく、その顔には疲《つか》れが見えた。瞳の奥に、そこはかとなく深淵《しんえん》が広がっているような。

「コックス研究室は幻獣の擬態を強制的に解除する新薬の開発を進めているが、率直《そっちょく》に言って、君はどう感じる？」

今日の博士の話はよく飛ぶ。……だとしても、結婚《けっこん》だのなんだのではなく、研究に関することであるなら、私は喜んで相手をするけど。

「正直、不安な面が大きいです」

「不安？」

「幻獣は元々、個体数が非常に少なく、全てが絶滅危惧種《ぜつめつきぐしゅ》のようなものです。昨今は幻獣研究の成果を社会に還元《かんげん》しようというのが主流ですが、だからといって彼らの存在を脅《おびや》かすことは許されない。……でも、エリクサーが実用化され、大量散布などにより広範囲《こうはんい》の生物に対して働きかけるようになれば、姿を隠し穏《おだ》やかに暮らしていたはずの幻獣の生活を、我々人間が壊《こわ》してしまうことに繋がりかねません。だからもっと、開発にあたっては議論が必要かと」

簡単に言えば、生態系の破壊を危惧しているのだ。

「ヴィル博士のおっしゃる通り、もし仮に竜が人間に擬態して暮らしていたとして、エリクサーによって竜の姿に戻《もど》されてしまったとしたら、その竜はそれ以降、同じ環境にとどまることは困難になるでしょう。だから、研究自体は画期的だと思いますが、個人的にはあまり……その……」

反対意見を述べるには、どうしても勇気が必要だ。相手がコックス室長でないから、まだ言いやすい面はあるけど。

先輩の研究を否定するなんて、博士がどう思うだろうか。恐る恐る彼の顔を覗《のぞ》き見《み》てみたが、先ほどと変わりは見当たらない。

「君がもし竜を見つけたら、捕獲《ほかく》する？　捕獲して連れ帰り、肉体を暴き、何を食べているのか、どんな組織を体内に有しているか……切り刻んで、骨になるまで研究をしたい？」

「それは……」

博士の容赦《ようしゃ》ない言い方に、無意識に私は骨格標本から目を背《そむ》けた。

医学の発展が数多《あまた》の犠牲《ぎせい》の上に成り立っていることは周知の事実だ。そしてそれは、幻獣研究、もちろん動植物の研究においても同じこと。私たちの目の前にいる竜——すでに骨の姿だが——だって、絶命後も散々実験に付き合わされたことだろう。

もちろん、我々研究者は、それを当然のことと思ってはいない。犠牲となった命には感謝を捧《ささ》げるし、奪った命を無駄にしないよう最大限の成果を挙《あ》げることを目標としている。

「ティナ。君はここ、ルルイエ幻獣研究所で、生きた竜が見たい？」

「いいえ」

考えるよりも先に、答えが口から出ていた。

あの竜に、私が研究者を目指すきっかけとなったあの竜に、もう一度だけでいいから会いたい。ひと目だけでも見たい。

けれど、見たくない。会いたいけど、会いたくない。

博士もさぞかし驚《おどろ》いただろう。竜の研究がしたい、けど竜には会いたくありません、なんて、研究者としてのやる気や素質を疑われかねない。

長い沈黙《ちんもく》のあと、博士が再び私に問う。

「どうして？」

私は顔を上げ、意を決して博士を見た。伝えるなら今しかない。

「今の技術では、捕《と》らえた竜を長く飼育することはできません。十九年前と同じように、人工的な環境では、竜を捕獲してもほんの数カ月で死なせてしまうでしょう。きっと私たちには、その原因すら分からないんだわ。かといって、研究サンプルとしての貴重さから、簡単に手放すこともできない。だから、私が竜に会うことがあるとしたら、それは研究のために殺されたか、近い未来に殺される運命にある竜です。研究職に就いている身ですが、それでも私は、幻獣にはできるだけ自然の状態でいて欲しいんです」

甘い、と博士は断ずるだろうか。だとしても、これが私の本心なのだ。

「私は、竜には特に強い思い入れがあって……。だから、誰になんと言われようと、彼らをむやみに傷つける行為などは、どうしてもしたくありません」

「思い入れ？　どんな？」

「……嘘《うそ》だと、妄想《もうそう》だと思われるでしょうが、実は私、子どもの頃、竜に会ったことがあるんです」

竜との対面を果たしたあと、私は秘密ができたことが嬉《うれ》しくて、誰にもそのことを告げたりはしなかった。なぜ勝手に家を抜け出したのか、竜との接触《せっしょく》後、なぜ森の入り口で倒れていたのかと問われた時も、適当な言い訳をしてはぐらかしていた。

そのうち、成長するに従って、あの出来事を誰かに打ち明けたとしても、どうせ信じてくれないだろうと思うようになっていった。

博士の専門は竜だ。家の近くの森の中で竜に偶然出会えるなんて、どれだけ確率の低いことか、私以上に分かっているはず。

疑われると思った。だから私は最初から予防線として、ヘラッと笑ってみせた。疑われたら「さぁ、真実はどうでしょう？」とか言って、再び私とあの竜だけの秘密にしておけばいいことだから。

しかし私の話を静かに聞き終えたあとでも、博士は決して笑わなかった。真摯《しんし》に耳を傾《かたむ》けてくれて、私の方がかえって驚いてしまった。

妙な沈黙が流れた。この空気をなんとかしようと、私は何かを言わなければと、記憶をたどってとにかく喋る。

「真珠みたいに輝く乳白色の鱗に、アクアブルーの透き通った瞳がとても綺麗《きれい》でした。ちっぽけな子ども一人くらいなら、難なくひと呑みできるほどの体軀《たいく》にもかかわらず、彼はとても紳士的《しんしてき》でした。私を食べる仕草どころか、危害を加えようとか怖がらせようとか、そんなそぶりも一切見せなかった。穏《おだ》やかで、優しくて、どちらかというとむしろ私という存在に戸惑《とまど》っているようにも思えました。竜って本当に人語を理解するうえ、意思疎通もできるんです！」

十九年前、この研究所で竜と相対していた博士。十三年前、森の中で竜と相対していた私。立場も状況も異なるし、私の抱いた感想は乙女チックすぎたかもしれない。けれど、それが私にとっての真実なのだ。

「……本当に、ちっとも怖くなんてなかった。綺麗、素敵《すてき》としか思わなかった。……この歳《とし》になるまで私が一度も誰かを好きになることがなかったのは、多分それが影響《えいきよう》していると思うんです」

博士の眉間《みけん》にしわが寄った。

「誰かを好きになることがなかった……？　それはどういう……？」

うっかり口がすべった。いや、もうこの際だから、言ってしまえ。不思議ちゃんでもいいじゃないか。あとは勢いに任せることにする。

「人間と竜、種族がそもそも違うのに、私はあの竜に恋《こい》をしちゃったんだと思います。しかも、今も恋したまま。……なんて、片思いに決まってますけどね」

勢いで言ってから、私は猛烈《もうれつ》な恥《は》ずかしさに襲われた。「だから博士に恋をすることは、きっとこの先もありません」という重要な台詞《せりふ》を付け足し忘れるくらいには、恥ずかしさでいっぱいになった。

博士のことを好きだと言ったわけではない。当然ながら断じて違うのに、どうしてか今目の前にいるこの超絶《ちようぜつ》美形の変人に、告白したような錯覚《さつかく》に陥《おちい》った。

多分、博士の耳があんなに真っ赤にならなければ、私だってそんな錯覚は覚えなかったはずだ。しかし、この薄暗い照明の中でも赤くなったのが分かるって、博士ときたら一体どういうことなんだろうか。

「ええと……だから、そういうわけで……野外調査で、竜に出会えたらいいなあって。捕獲は一切考えてません。ただ、どうやって空を飛び、何を食べ、どうやって繁殖《はんしょく》しているのか、それを垣間見《かいまみ》れたらいいなあ、というか」

早口で続けたあと、私は我慢《がまん》できずヴィル博士に背を向けた。

気まずい空気をなんとかしようとあれこれ喋ったはずなのに、失敗したみたいだ。

とりあえず深呼吸して心を落ち着かせ、打開策を考えようと試みる。

が、その前に理解不能の事態に陥った。

「え、え、えっ……？」

「何もしない。……何もしないから、少し。このまま」

窮屈《きゅうくつ》。

ぬくい。……熱い。

背後から博士に抱きつかれたのだ。

幸いにも閉館ギリギリの時間なので、周囲には誰もいない。

博士の両腕《りょううで》が私の鎖骨《さこつ》の下のあたりに見えるし、足元に目を落とせば、自分の足のすぐ後ろに博士のピカピカの靴《くつ》が見える。

博士は紛《まぎ》れもなく変人だけれど、憧れていた人――もちろん研究者として――には違いないし、何より大変な美貌《びぼう》を誇《ほこ》る人なので、緊張《きんちょう》しないわけにはいかない。

博士は意外と筋肉質だ。しっかりした分厚《ぶあつ》い胸板《むないた》が私の背中に当たっているし、固い腕の筋肉も、白衣越《ご》しに分かってしまう。

博士には黙《だま》っていれば王族のような気品がある。気高く、凛《りん》としていて、誰もが息を呑むほど美しい。黙っていれば。

……なのにどうして、今に限ってトチ狂《くる》ったことを言わないんですか。「ハネムーンはどこに行きたい？」とか「子どもは何人希望している？」とかふざけてくれたら、遠慮《えんりょ》なくその腕を払《はら》いのけられるのに……！

「――なんかじゃない」

「え？　あの、ヴィル博士？　今、なんて……」

すぐ私の耳元で発された言葉だったのに、声が少しかすれていて――もしかしたら震《ふる》えていたのかもしれない――最初の方を聞《き》き逃《のが》してしまった。

「なんでもない」

博士はすぐにそう言って、あっという間に私から離《はな》れた。左手で顔を覆って己の表情を隠しているが、耳の赤さと頬《ほお》の赤さは残念ながら隠しきれていない。

彼がどういう心境なのか、どうしてこんなことをしたのか。私にはさっぱり分からない。

「ティナ、もう日が暮れるから。気をつけてお帰り」

声は穏やかなままだ。特段の、これといった違和感《いわかん》はない。

「は――」

はい。素直にそう言おうとした。

あっという間の出来事だった。

博士の顔が迫《せま》ってきて、私の目線より少し上、額がある場所に感触《かんしょく》を得た。それと同時にかすかに響《ひび》く、唇《くちびる》が立てる軽《かろ》やかな音。

「また明日」

博士からのキス。初めてのキス。……当然ながら口ではない。額だ。

おかしい。

非常におかしい。

どれだけ美形だからといっても、博士は変人のはずなのに。

またしても垂れ始めた鼻血をハンカチで押《お》さえながら朗《ほが》らかに手を振《ふ》る博士を見て、どうしてか、私の心臓はなかなか鎮《しず》まってはくれなかった。

5 兄、来たる

「やあ、ティナ。あまりにも君からの返信がないから、邪魔《じゃま》しちゃいけないと思いつつも、心配になってついつい会いに来てしまったよ」

そんなことを全く悪びれずに言う兄さんは、以前会った時と変わらない、静かな笑顔《えがお》を湛《たた》えていた。

「でも良かった。連絡がないのは恋人ができたからではないかと少し心配していたけど、その様子じゃ杞憂《きゆう》だったみたいだね」

「兄さん……そんな余裕《よゆう》はないもの」

もしも私に恋人ができたら、探偵《たんてい》を雇《やと》って相手の身辺調査をしそうな兄である。面倒見《めんどう》が良く幼い頃《ころ》は頼《たよ》りになったが、要するに彼《かれ》は過保護なのだ。それも重度の。

「ごめんなさい。兄さんからの手紙も読んではいたけど、返事を書く時間が取れなくて」

正確には「時間」ではなく「気力」がなかった。もちろん兄さんには内緒《ないしょ》だ。ばか正直に伝えてしまったら、どれだけ心配されるか分からないから。

「本当に忙《いそが》しそうだね。ちゃんと寝られているのかい？　顔色も屋敷《やしき》にいた頃より青白いし、目の下にはクマができてる。髪《かみ》も肌《はだ》も……少し荒《あ》れた？」

兄さんが来ると分かっていたなら、私だって常識的な時間に起きて身だしなみを整えて万全《ばんぜん》の態勢で待っていたし、なんなら健康そうに見えるように多少の化粧《けしょう》だって施《ほどこ》した。休日の午前――もう昼前だけど――に奇襲《きしゅう》をかけるなんて、ちょっと酷《ひど》くないだろうか。

「……大丈夫《だいじょうぶ》、昨日はちょっと、休日前で浮《う》かれて夜更《よふ》かししちゃっただけだから」

爆発《ばくはつ》している髪を手櫛《てぐし》で必死に撫《な》でつけながら、私は兄さんに言い訳した。

あながち嘘《うそ》ではないと思う。

ヴィル博士の不可解な行動に苦しめられ、ベッドに入ってもなかなか寝《ね》つけなかったのは事実なのだ。

「………………」

兄さんは何も言わなかった。

私と違《ちが》って、柔《やわ》らかそうな栗色《くりいろ》の髪。垂《た》れ目《め》な上にいつも微笑《ほほえ》みを絶やさないから、温《おん》厚《こう》な人だと思われている。

しかし、「温厚」と「頑固《がんこ》」は共存する。私の進学先を決める時も、入所試験を受ける時も、そして一人暮らしをしたいと言った時も、家族の中で最も反対したのはこの兄だった。

「仕事はどう？　順調かい？」

「ええ、おかげさまで。兄さん、何か飲む？　紅茶ならすぐに用意できるけど」

「ありがとう。頂くよ」

私は兄さんを部屋の中へ招き入れ、椅子《いす》に座《すわ》るよう促《うなが》した。本当は早く帰って欲《ほ》しかったが、わざわざ来ておいて、すぐに帰るとは思えない。

「お砂糖は――」

「いらない。ミルクも。僕《ぼく》の分はティナが使って」

甘味《かんみ》に目がない私とは違い、兄は糖分を好まない。そのおかげで、幼い頃は兄に用意されたお菓子まで私が貰《もら》って食べていた。

「時代だからね、女性が働くことに僕も偏見《へんけん》を持つつもりはない。それに、研究職は誰《だれ》でも就《つ》けるものじゃない。性別問わず、向いた者が就くべきだ」

「……ありがとう、兄さん」

熱い紅茶をすすりながら、兄さんがそれとなく話し始めた。

穏《おだ》やかな口調は相手の警戒心《けいかいしん》を解《ほぐ》すため。それを知っている私は、ティーカップを両手で持ちながら、次の口撃《こうげき》に身を固くする。ちなみに、角砂糖は気合を入れて七つほど投入済み。

「けど、ティナ。君に限っては、あの時働く許可を出してしまったことを、やはり僕は後《こう》悔《かい》しているんだ」

一気に脳が覚醒《かくせい》した。来た、と思った。

「待ってよ、何度も言ったじゃない、私は竜《りゅう》が——」

「ティナがどれだけ竜を好きか、僕も分かっているよ。好きなものを無理に嫌《きら》いになれと言いたいわけじゃないんだ。ただ、竜を愛《め》でるのに研究員である必要があるのか、僕にとっては甚《はなは》だ疑問なだけだ」

進学先を選ぶ時、あるいは就職を考えた時。

そのたびに、嫌《いや》というほど話し合って、説明して、理解を得たことじゃなかったのか。

「分かった。君の好きにするといい、応援《おうえん》するよ」という言葉は、一体なんだったのか。

またこの頑固な兄を説得し直さなければならないのか、と思うと、ただでさえ朝は低血圧で体調が優れないというのに、さらに血の気が引いていくようだ。

「君のいる研究所の所長は竜研究の第一人者の家系だろうけれど、いくら技術が進歩したといっても、竜がそう簡単に捕獲《ほかく》できるわけがない。それに、入りたての新人が、いきなり竜の研究など任されるわけもない。きっと他の幻獣研究すら、満足にやらせてもらえていないんじゃないのかい？」

兄の言うことは間違《まちが》ってはいない。

けれど、ここで負けたら私はもう二度とあそこに戻《もど》れなくなってしまう。

「そんなことないわ。そりゃ最初は新人だからそれなりの扱《あつか》いを受けたけど、時間をかけて経験を積んで、一人前の研究者になれば――」

「どれだけ勤続年数が長くなろうとも、閑職《かんしょく》に追いやられることはあるじゃないか。もしかしたら、新人の頃と同じような扱いを未来永劫《えいごう》受け続けるかもしれない」

「でも、頑張《がんば》って真面目《まじめ》に仕事をしていたら、きっといつか――」

「君の場合は……可哀想《かわいそう》だけど、理不尽《りふじん》な嫌がらせを受けているそうだね。……ミミが教えてくれたよ。嫌がらせをする人間が、在籍期間《ざいせききかん》の長短だけでいじめの対象への評価を改めてくれるとは思えないけど」

ミミと私は学生時代からの友人だが、同時にミミと兄さんもその頃から面識がある。私の家に初めて彼女《かのじょ》を招いた際、ミミは兄さんに一目惚《ひとめぼ》れして……って、今はあまり関係ないか。

「そ、そりゃ最初は雑用とか使いっ走りとか……嫌がらせみたいな仕事しか回してもらえなかったけど、今は改善されて――」

「これもミミから聞いた話だけど、幻獣に襲《おそ》われて怪我《けが》をしたんだって？　襲われることになった理由、幻獣の管理を怠《おこた》った責任も、君がなすりつけられたとか？」

「そ、それは」

ミミったら、兄さんにそんな詳細《しょうさい》まで伝えなくてもいいのに。むしろ伝えて欲しくな

偶然《ぐうぜん》街中で出くわしたのか、デートでもしていたのかしら。デートで

んてなかったのに。私を話のネタにしないでよ。

それにしても、二人はいつ会っていたのかしら。偶然《ぐうぜん》街中で出くわしたのか、デートでも重ねていたのか……まぁ私には関係のないことだけれど。

「ティナ、君に研究職は向いていないと思う。幻獣に襲われた時は幸い助けてくれる人がいたようだけど、それはつまり、ティナ一人では対処できなかったということじゃないか。今度また危険な場面に遭遇《そうぐう》したら、君はどうやって切り抜けるつもり？　確かに僕は君の就職を応援したけど、今の状況《じょうきょう》では応援し続けることはとても無理だ」

だから。だから私は兄が苦手だ。私の粗《あら》を探し出して、「お前は何もできない」と、いつもその考えを植えつけようとする。

「僕はティナ、君のことを心配しているんだよ。……いいじゃないか。何度も言うけど、僕は好きなものを嫌いになれと言いたいわけじゃない。ただ、これからは趣味《しゅみ》として楽しめばいいじゃないかと提案しているだけなんだ」

「……趣味？」

「君が論文を読むことを咎《とが》めたりしない。模型も本も、欲しいものはなんだって買ってあげる。だから、仕事もこんなウサギ小屋に住むのもやめて、実家に帰ってきなさい」

兄さんは、やっぱり、私の夢を理解してくれていたわけではなかった。私がどれだけ本気なのか、分かっていないのだ。あんなに何度も話したのに、ちっとも伝わっていなかっ

た。

「いやよ」

兄に反抗《はんこう》するのは、とてつもなく労力が要《い》る。

常に笑《え》みを絶やさない彼は、私が感情的になればなるほど、冷静に、淡々《たんたん》と、私の痛いところを突《つ》いてくる。シャンテリークリームに釘《くぎ》を打とうとするみたいに、全く手応《てごた》えを感じられないところが、さらに私を感情的にするにもかかわらず。

だからといって私も絶対、退《ひ》くわけにはいかないのだ。

「それはできない。今の職が夢だったからってだけじゃない。兄さんだっていつかは誰かと結婚《けっこん》するでしょう？　子どもだって生まれるわ。そんな中で一生、妹の私を養うなんてできるわけないでしょう。私は所詮《しょせん》、ただの妹。バロウズ家からは出て行かなければならない人間なのだから、せめて手に職をつけておかないと、私が生きていけないのよ」

実の子だったなら、家に甘《あま》える気持ちも出ていたかもしれない。けれど、私は私が養子であることを知っている。裕福《ゆうふく》なバロウズ家に引き取られたのは、本当に幸運だった。何不自由ない暮らしができたこと、その点については、心から感謝している。

しかしながら、甘え続けるつもりはない。かつては子どもだった私も、今では立派な――年齢《ねんれい》的に――大人なのだ。自分の食《く》い扶持《ぶち》くらい自分の手で稼《かせ》ぎたい。

冷静に、冷静に。

様々な角度から、兄さんの主張の矛盾点《むじゅんてん》を指摘《してき》していかなければ。それと同時に、私の主張の正しさを、兄さんに認めさせなければ。

兄さんがティーカップから手を離《はな》した。左手を、私の右手に重ねる。昔から兄さんの手は私の手よりも大きかったが、あの頃のような滑《なめ》らかさはない。骨ばっていて、血管も浮《う》き出《で》た、立派な成人男性の手だ。

私は身構えた。

「……ティナ、実は、君に隠《かく》していたことがあるんだ」

兄の顔から笑みが消えた。「決して驚《おどろ》かないで聞いて欲しい」、「驚くなと言う方が無理かもしれないけど」と付け足し、神妙《しんみょう》な面持《おもも》ちで言葉を紡《つむ》ぐ。

「君は養子だ。君が二歳《さい》の頃、ご両親が亡《な》くなって……それで、身寄りのない君を、君の両親の友人であった僕の親が引き取ったんだ」

なんだ、そんなことか。私は密《ひそ》かに胸を撫で下ろす。

屋敷ぐるみで隠していたのだろうけど、当時の記憶《きおく》がうっすら残っている私にとって、それは当たり前の事実でしかなかった。

しかしながら、兄さんは兄さんで私が知っているとは想像してもいないのだから、彼のためにも少しは驚いたふりをしておいた方が自然だろう。そう思った矢先だった。

「だからティナ、僕と結婚しよう」

思わず知らず、私は兄さんを二度見した。

「それは……はい？　結婚？　兄さんと……私が⁉」

「ティナをバロウズ家で引き取った理由は、君の産みの親と僕の親が友人だったからだけじゃない。初めから僕と結婚させるつもりで、両親は君を引き取ったんだ」

冗談を言ってる雰囲気ではなかった。兄さんの表情は真剣そのもの。

どうしたらいいか分からなくて、私はいっそ笑い出したい気分になった。

重ねられた兄さんの手を私は無意識に振《ふ》り払《はら》う。

「そんな話突然《とつぜん》されても……だって、兄さんは……兄さんでしょう？　私にとってフレデリック・バロウズは兄で……家族としての親愛以上の感情なんか、私には」

「混乱するのも分かる。けど、僕はティナがうちに来た理由も知っていたから、君のことを『単なる妹』と思ったことなんて一度もなかった。ずっと、僕は――」

振り払ったはずの手が戻《もど》ってきた。再び私の右手をつかみ、ゆっくり兄は、己《おのれ》の胸に私の手を当てさせる。

彼は何も言わず、私をじっと見つめていた。

この心臓の鼓動《こどう》を聴《き》け。感じろ。

そう言われているような気がした。

兄の心音は、とても速かった。

ていたと思う。

「ティナ、ずっと昔から好きだった。君のことを愛しているんだ」

狭《せま》い部屋に、それに見合った一人用のテーブル。無理やり椅子を二脚《きゃく》持ってきて座っているのだから、お互《たが》いの距離《きょり》はとても近い。

兄さんが私の手を離さないので、彼が顔を近づけてくると、当然私は逃《に》げられない。

その視線が捉えているのは、言葉を失った私の唇《くちびる》。

咄嗟《とっさ》に目を固く瞑《つぶ》ったが、拒絶すら放棄《ほうき》してしまったことに気づき、すぐに私は後悔した。

……しかし、いくら待っても何も起こらない。

「怖《こわ》がっているのが分かるのに、無理やりキスなんてしないよ」

恐《おそ》る恐《おそ》る瞼《まぶた》を上げると、いつもと同じく微笑む兄さんの顔が見えた。強《し》いて言うなら、いつもよりちょっとだけ、困った顔のようにも見える。

兄が手を離してくれたので、私のそれは自由になった。放心状態の私をよそに紅茶を一息で飲み干すと、兄はひと呼吸してから「さて」と言った。

「ひとまず僕は帰るとする。次の休日、また来るよ。それまでにゆっくり考えを整理しておいてね」

考えを整理？

ゆっくり？

こんなこと、一人ではどう整理したらいいか分からないに決まっている。

しかも、次の休日、すなわち一週間後兄はまた来ると言っていたから、悠長《ゆうちょう》に考え込めるほどの時間もない。仕事に行って、帰り道にケーキなんか買って帰って、食べて寝たらもう翌日。それを数回繰《く》り返《かえ》しただけで、問題の期日はやってきてしまう。

困った時のミミ様頼《だの》みとでもいうように、私はまず真っ先にミミに相談しようとした。けれど、ちょうどミミも忙しいようで、隣《となり》の部屋に住んでいるにもかかわらず、会って話をする機会には恵《めぐ》まれなかった。ならば仕事の休憩《きゅうけい》時間はどうかと医務室を訪《おとず》れてみるも、ことごとくミミは不在だった。

そもそもミミは、兄さんのことがずっと前から好きなのだ。にもかかわらず、兄さんは私のことが好きだったなんて、ミミを思うと伝えるには酷《こく》すぎる。私だって、どんな顔で伝えたらいいか分からない。

できるなら私のことなど放っておいていただいて、兄さんには早々に私以外の素敵《すてき》な女性を見つけてもらいたい。ミミでもミミじゃなくても、この際どっちだっていいから。

でも、他の誰かに相談しようにも、自宅と職場の往復ばかりの私に、頼れる相手などいない。研究所の先輩《せんぱい》たちも、以前より関係が良くなったとはいえ、個人的なことを相談できるほどの親しさはないし、どんな考えを持った人なのか、あまりよくも知らないし。

代役も代案も思いつかないままだったが、約束の週末まで残り二日というギリギリのところで、突如《とつじょ》として頭に浮かんだのは、博士。ヴィル博士だった。

「いや、ないっ！」

しかし、博士の顔が頭に浮かぶのと同時に、私は首を横に振《ふ》った。

ない。本当にない、あり得ない。

まず、私は博士からよく分からないけどプロポーズらしきものを受けているのだ。仮に相談したとして、「それは私にヤキモチを焼かせようとしているのか？」とか言われても面倒だし、「私と兄とどちらを取る？」と迫《せま》られても面倒だ。いや、あの変人のことだ、私の予想よりナナメ上の反応を示すかもしれない。

「……──ナ、……ティナ」

はっとして、私は我に返った。

そうだった、今は仕事中。

「ティナ、何がないんだ？　納品書に誤りがあった？」

「あ〜……いえ、大丈夫です。私の思《おも》い違《ちが》いです」

新しく届いた実験器具について、納品書との突合《とつごう》作業を任されていたのだった。

隣の席のルノーさんが、怪訝《けげん》そうにこちらを見ている。

「珍《めずら》しいな、お前が思い違いだなんて」

「……それって、私のこと、思い違いなんかしなさそうに見えるってことですよね⁉」

ルノーさんの意外な反応に私の目がキラッと光ってしまったのだろう、居心地《いごこち》悪《わる》そうに顔ごと逸《そ》らされた。

「かか勘違《かんちが》いするなよ！　『思った割には』という程度だからな！　……まあ、任せた仕事はきちんとこなすし、報告も欠かさないし……」

つい先日までは「新人」と名すら呼ばれず、実験器具にも触《さわ》らせてもらえず、与えられる仕事といえば昼食の買い出し、掃除《そうじ》、ゴミ捨て、使うかどうかも分からない文献《ぶんけん》の検《けん》索《さく》……。

あの頃の私から考えれば、今の待遇は格段に上がった。新人研究員としてはごく当たり前の待遇だが、正当な評価を貰《もら》えて嬉しくないわけがない。

ルノーさんも、悪い人ではないのだろう。自己評価がやや低く、個人研究も目立った成果は得られていないそうだけど、共同研究では裏方としてデータの管理を任されているし。

「ルノーさんに褒《ほ》められる日が来るとは思ってなかったです。ありがとうございます」

「いいから……て、手を動かせ手を！」

「はいっ」

　仕事は順調だったものの、結局その日の夕方頃、とうとう私は倒《たお》れるに至った。

　過労である。仕事がハードな分にはなんとか体も保《も》っていたが、「結婚」などという厄《やっ》介《かい》なことまで考えざるを得なくなって、しかもその相手が兄さんになるかもしれないという青天《せいてん》の霹靂《へきれき》で……。

　初恋《はつこい》の相手は幼少の頃に出会った竜だという私にしてみれば、完全に受容量を超えていた。頭がパンクしてしまっても、こればっかりは致《いた》し方ないといえるだろう。


　気がついたら、私は森の中にいた。

　見覚えがある。あの日、竜に出会った森の中だ。

　私の手は記憶にあるものより小さく、また、服装も懐《なつ》かしい小花柄のスカートだ。幼い頃、よく穿《は》いていた。

　すぐに分かった、私は夢を見ているのだと。

　もしもこれが夢なのであれば、あの竜に再び会えるかもしれない。私の心臓は高鳴った。

　森の奥《おく》へ奥へ、はやる気持ちを抑《おさ》えながら、私は駆《か》け足《あし》で進んでいく。

「ティナ……どこにいる？　帰っておいでティナ――」

　背後から、兄さんの声がした。

「僕も父さんも母さんも、みんなティナのことを心配しているよ――」

　振《ふ》り返《かえ》ると、何本もの手が伸《の》びてきていた。顔や体は見えない。まるで「手」だけが意思を持っているように、私を搦《から》め捕《と》ろうと追ってきていた。

「ティナ、おうちに帰ろう。温かい、僕らのおうちへ――」

「いや……っ！　帰りたくないの！」

　私は振り返ることをやめた。一心不乱《いっしんふらん》に前を向き、短い足を必死に前後に動かした。

「あっ」

　何かにぶつかり、私は止まった。

　硬《かた》いが、わずかに弾力《だんりょく》と温《ぬく》もりのある、謎《なぞ》の――

「あなたは！」

　あの時の竜だった。虹色《にじいろ》に輝く鱗《うろこ》を持った、美しい、白い竜。

　猫《ねこ》みたいにゴロゴロと喉《のど》を鳴らしながら、頭を近づけ私に囁《ささや》く。

「ずっと会いたかった。これまで気が遠くなるほど長い年月を独《ひと》りで生きてきたのに、この十数年、たった十数年を永劫《えいごう》にも感じた」

　大きな体から発せられる声は、声帯も声道も大きいからか、ややくぐもって聞こえる。

けれど、こんな声だっただろうか。もっとしゃがれていなかったか。今の竜の声は、どこかで聞いたような……いや、気のせいかもしれないけれど。

「ティナ、約束を忘れたのか？」

　竜が私に問うた。

「約束？」

「私はティナが成長するのを、一日千秋《いちじつせんしゅう》の思いで待っていたというのに。ティナ、私を独りにしないでくれ。独りは寂《さび》しい……凍《こご》えてしまいそうだ……長い生などいらない、私はただ、温《ぬく》もりが欲しいだけなんだ」

「独り……？　それは一体、どういうこと？　……ねえ、あなたの名前はなんというの？」

幼少の頃、聞きそびれた竜の名前。心残りを今ここでなくそうと、私はその竜に訊《たず》ねた。

「私は――」

竜が翼《つばさ》を広げた。半透明《はんとうめい》の飛膜《ひまく》が、骨の間にピンと張られる。

「私を独りにしないでくれ」

そう言って、竜は大きな翼で私を抱《かか》え込《こ》んだ。

「ティナ、私の、半身――」

「半身……？　私が、あなたの？　それはどういう――」

「……ティナ？」

随分《ずいぶん》とはっきり、私を呼ぶ声がした。目を開けると、眼鏡《めがね》が見えた。

「寝ぼけてるの？　大丈夫？」

そばかすの散る頬《ほお》に、一筋垂れるのは赤い髪。

「あ……デンゼルさん」

「覚えてる？　あんた、書庫で倒れていたのよ。たまたま居合わせたヴィルヘルム博士が医務室まで運んで、外出中の救護員の代わりにさっきまで見てくださっていたのだけど」

確かに、背中に当たるこの柔らかい感触《かんしょく》は紛《まぎ》れもなくベッドだし、天井《てんじょう》にはカーテンレールが走っている。……いや、その前に、思いがけない名前を聞いた気が。

「は、博士が⁉」

「ええ、そうよ。すごく心配して狼狽《うろた》えてらしたわ。倒れた原因は貧血だろうって。食事はバランスよく摂《と》ってる？　鉄分も大事よ、鉄分。多めにね」

「あ、はい……ご心配ありがとうございます」

私はゆっくり体を起こした。まだ少し目眩《めまい》がするが、動けないほどではない。

簡単なお礼を述べると、デンゼルさんは照れくさそうに手を振った。

「いいのよ。それに、私たちだってあんたのこと、その……」

言いかけて、やめる。内容には察しがついた。私に対する嫌がらせの話だろう。でも、デンゼルさんが言いにくいのと同じように、私も蒸《む》し返《かえ》したくはない。ようやく仕事がうまい具合に運びだしたのだから、このまま前だけを見て進んでいきたい。

「なんでもないわ。それより、本当に博士が心配されていたから、動けそうならひと声掛《か》けに行っておきなさいよね」


できれば、博士には会いたくなかった。

よく分からないプロポーズをされるし、博物館での抱擁《ほうよう》と赤い顔と額へのキスも意味不明なままだし、それに、博士の知るところではないけれど、兄さんからもまさかのプロポーズをされてしまっていたし。

どちらを選ぶとか選ばないとかじゃない。昨日の今日で、落ち着いて考えることが全くできていないのだ。

結婚なんてイベントは私には無関係だと思っていたから、右も左も分からない。ミミに相談できれば一番いいのに、不本意ながら三角関係となってしまったため、結局ミミにも黙ったままでいる。

兄さんの件は誤解が生じぬようキッパリと断る必要があるだろう。

しかしあの兄だ、なんと言って断ればいいのか。

幼い頃からつい最近まで一緒《いっしょ》に暮らしてきた兄さん。彼は私の性格も熟知している。あれこれとその場しのぎの言い訳を並べ立てたとしても、きっと兄さんを納得《なっとく》させられない。

では、どうしたらいいのか……というところで、どうしてかまたヴィル博士の顔が頭に浮かんでしまう。

博士に相談して何になるというの？　もしかしたら逆に燃えて、「私たちの仲を見せつけたら、君のお兄さんも諦《あきら》めてくれるだろう」とか言い出して、よけいに厄介な事態になるかもしれないし。

そもそも、彼の実年齢はいくつなのだ。私とはきっと相当な年の差があることは——あの見た目にもかかわらず——間違いない。両親よりも年上だったらどうしよう。実はかなりの老齢《ろうれい》で、結婚してすぐにポックリ死んでしまったらどうしよう。……って、まずこの「結婚したら」という仮定も、ずいぶんとおかしな話だった。

博士がどうして私のことを気に入ってくれているかが全くの不明である以上、彼の発言をそのまま鵜呑《うの》みにすることはできない。もしかしたら私以外にも何人もの女性に求婚《きゅうこん》していて、彼の地位や名声に惹《ひ》かれて受け入れた女性をはべらせているかもしれない。

……恐《おそ》ろしいことだ。

もちろん、「博士は私のことをどう利用しようと考えているのですか？」と率直《そっちょく》に聞いたところで、答えてくれるわけもないだろう。正直な回答を期待する方が間違っている。

いくつもの考察から導き出される結論としては、ヴィル博士への対応については、「なに御冗談《じょうだん》を抜《ぬ》かしてるんですか」とでも軽くあしらい、熱が冷めるまで放っておくのが一番良《い》いだろうということだ。むしろ、あしらうどころか一切《いっさい》関わらず放っておきたい。

しかし、医務室から研究室へ戻ったら、デンゼルさんもルノーさんもコックス室長でさえも、博士のところへお礼に行けと言うので、私は上階へ向かわざるを得なかった。

チェリーウッドの光沢《こうたく》のある扉《とびら》の前に立ち、私は願う。どうか博士が不在でありますように、と。

コンコンコン、といつも通りのノックを三回。そのあとすぐ、返事がある。

私の願いはかくもあっけなく砕《くだ》け散《ち》った。

「予算報告は五時からのはずだ。査読の期限は明日だし、どちらにしろまだ早――」

机の上には書類の山。博士はそこから一枚取り、さらっと読んでサインして、デスク横の「決裁済み」の箱に入れる。そしてまた新たな書類を取ろうとして私の方を一瞥《いちべつ》した。

ここでようやく私たちの目が合った。

「あ、あの、ティナ・バロウズです。お忙しいようなので、これで――」

「待て待て待て待て！　忙しくない！　全く！」

開けたばかりの扉から今すぐ退出しようとしている私を、博士が必死に止めにかかる。

驚くほどの身のこなしであっという間に私との距離を詰《つ》め、扉をバタンと閉めてしまった。そのあと「カチャン」と鍵《かぎ》の掛かる音もした気がするけれど、私の思い違いであって欲しい。

「体調は？　私の最愛の妻が目の前で倒れて、本当に気が気じゃなかった。だが、歩いてここまで来られたということは、少しは良くなったという理解で正しい？」

「妻ではありませんが、おかげさまで、落ち着きました。博士にもご心配をおかけしまし――また鼻血が出たんですか？」

私という存在に対する認識《にんしき》の誤りは極力サラッと訂正《ていせい》を加え、早急《さっきゅう》にこの場を去るために、手っ取り早く謝罪を伝えようとしたところで、彼の鼻の穴に突《つ》っ込《こ》まれた白い綿が目に入った。

美しいのに、鼻に綿。鼻に綿だが、美しい。……なんだこれは。いや、鼻血の処置なんだろうけど。

「私のことはどうでもいい。過労？　寝不足《ねぶそく》？　食事は摂れている？」

「問題ありません」

博士の顔に動揺《どうよう》してしまったが、なんとか持ち直した私は、彼の問いをはぐらかした。正直に答えるならば、過労状態だし寝不足だし食事もまともに摂れていません、だ。

「問題がないのなら倒れたりしないだろう」

「たまたまです。でももう治りましたから、これ以上のご心配には及《およ》びません」

私のすぐ目の前にはヴィル博士。腕《うで》を組み、静かに私を見下ろしている。

どうあっても口を割ろうとしない私に対し、どうしたものかと考えあぐねているようだ。このまま逃《に》げ切《き》りを確信する一歩手前で、博士の口《くち》の端《は》がわずかに上がった。

「そういえば今日、いつもは通らない道を気分転換《てんかん》に歩いてみたのだが、とても美味《おい》しそうなケーキを見つけてね。君にどうかと思って購入《こうにゅう》したのだが……しょうがないか、ティナは早くここから下がりたいようだし、他の者にでも渡《わた》すとしよう。……ガディバの一日二十個限定、ラズベリーショコラムースケーキ――」

「頂きますっ！」

釣《つ》られたと言われても反論のしようがないほど、私はまんまと釣られてしまった。

ガディバは老舗《しにせ》のチョコレート専門菓子《がし》の店で、滑《なめ》らかな舌《した》ざわり、芳醇《ほうじゅん》なカカオの香《かお》り、そして顧客《こきゃく》を飽《あ》きさせない季節ごとの新商品で、価格帯としては高めだが行列が絶えない人気の店となっている。季節限定商品はもちろんのこと、個数限定の商品なども、開店して数時間、早ければ数十分で売り切れてしまう。

一日三食ケーキでもいいと考えているほど無類の甘いもの好きの私が、ガディバを知らないわけがない。

しかし、夕方になる頃には決まって「完売」の札がかけられるような店なので、定時上がりでも仕事帰りに寄るには間に合わない。今回博士が買ってきたというケーキは季節商品のうえ一日の製造数もとても少なく、開店前から並ばなければ手に入れることは困難、と言われている超《ちょう》人気商品だった。

つまり、博士の言う通り、たまたま店の前を通りかかった程度の気軽さで、フラリと立ち寄って購入できるような代物《しろもの》ではないのだ。

「博士、あの、これ……」

もしかして、私のために並んで買ってきてくださったんですか？

「どうした？　これはティナの好みではなかった？」

「いえ、大好きです！　ご馳走《ちそう》になります！」

——聞けなかった。

まず、今日私がこうして博士のところへ来ることになったのは、偶然の出来事だ。偶然にも仕事中に倒れてしまって、偶然そこに博士が居合わせて、偶然大したこともなく、偶然その日のうちに回復して……。

「博士は召《め》し上《あ》がらないんですか？」

「ああ、私はいらないよ。実はチョコレートが食べられなくてね。カカオに含《ふく》まれるテオブロミンのせいで、中毒《ちゆうどく》を起こしてしまうんだ。重篤《じゆうとく》な症状《しようじよう》には至らないが、抑《よく》うつや興奮状態に陥《おちい》ることもある」

「あなたは犬ですか」

先日のケーキも、似たような理由で食べていなかった気がする。

やっぱり、私だけのために……？

眉間《みけん》にしわを寄せ考え込む私に、博士が余裕たっぷりに言い放つ。

「愛する妻に贈り物をしたいと思うのは、夫なら当然のことだろう？」

「いえ、まず、私たちは婚姻《こんいん》関係にありませんので、私はあなたの『妻』ではないです」

「そうかな？」

「そうです」

おなじみの堂々巡《どうどうめぐ》りになりそうだったので、手早く私は「頂きます」と宣言し、ケーキに集中することにした。

チョコレートでコーティングしてある半球状のそれには、ラズベリーとミントの葉、それと金箔《きんぱく》がのっていた。フォークを横に持ちゆっくりケーキを割っていくと、ピンクと茶色の二層のムースが現れて、上からは真っ赤なラズベリーソースがたらりと断面を伝っていった。

ひと切れパクリと口に運ぶ。ほろ苦いチョコレートと甘酸《あまず》っぱいラズベリーがとても上品に調和している。

「はあぁぁ……こ、これは……美味しい……美味しすぎるわ……」

コーティングチョコレートは滑《なめ》らかで、私の舌の上で簡単に溶《と》けた。ムースの気泡《きほう》が潰《つぶ》れる音が、口の中で軽《かろ》やかな音色を奏《かな》でている。

こんな天国の食べ物を、勤務時間中に貪《むさぼ》ってしまっていいのだろうか。なんて罪深い所業なのだ。

「ティナ」

「はい」

「美味しい？」

「はい」

「気に入った？」

「はい」

ほっぺたが落ちそうだ。いや、もう落ちてもいい。幸せすぎて辛《つら》い。

「私との結婚も受け入れる気になった？」

「無理です」

しかし、ケーキと結婚は全くもって別の話だ。

「そもそも、ヴィル博士、あなたは今おいくつなんですか？」

私はここで反撃《はんげき》に出た。

黙《だま》っていれば素晴《すば》らしい研究者、もちろん容姿も文句なし。でも、その中身は変人だ。

私に年齢不詳のエロオヤジと結婚するつもりなどない。

「言うとティナがびっくりするから、まだ言わない」

「びっくりって、どっちの意味で？」

「どっちだと思う？」

ちょっとは動揺してくれるかと思いきや、逆に言葉遊びを楽しんでいる様子。

むしろこっちがイラっとさせられるだなんて。

「……博士って、意外と面倒《めんどう》くさいんですね」

「ティナと会話できることが嬉しくて仕方ないのだよ」

実際、博士は本当にウキウキして見える。私との温度差が激しい。

「どうして私なんです？」

彼の姿を見ているのが癪《しゃく》になってきた。まだ少し残ったケーキに目を移し、私が一番知りたいことを聞いてみた。はぐらかされると思ったけれど、そんなことはなかった。

「君に決めたから」

「決めた？　いつ？　どうして？」

「話をして、決めたんだよ。君のことを信じてみたくなったから」

「信じてみたく？　それはどういう意味ですか？」

「言葉通りの意味だよ。あの頃の私は色々と打ちひしがれていたのだが、君があまりにも純粋《じゅんすい》で、無垢《むく》で、汚《けが》れを知らなかったから。それとあの時、どうしようもなく寂しくて仕方なかったんだよ。気まぐれだろうと言われたら完全否定は難しいが、結果として今の私に後悔はない」

あの頃、というのは、いつのことだろうか。博士の言葉には謎が多い。けれど同時に、そこに悪意は見えないのだ。

こちらから質問しておきながら、熱を帯び始める私の頬。

「わ、私のどこがいいんですか？」

自惚《うぬぼ》れかもしれない。でも、今の勢いがあれば聞ける気がした。

「全て。……身も、心も。全て欲しい。早く蜜月《みつげつ》になりたい」

チラリと博士を窺《うかが》うと、向かいのソファに座ったまま、じっと私を見つめていた。決して、私をからかう表情ではない。とても真摯《しんし》で、疑う余地のない表情。

ある推測が頭に浮かんだ。

もしかしたら、博士は愛情表現が下手《へた》なだけで、実は最初から一直線に私を好いていてくれたのではないかと。

顔に血が集まる速度が、急に増してきた。あっという間に耳から火が出そうなくらい、熱くなってしまう。

「ど、どうして博士はあんなに鼻血が出るんですか」

クールダウンのため、私は咄嗟《とっさ》に全く関係のない話を振ってみる。ちなみに、彼の鼻に詰められた綿は、少し前に彼が外して捨てていた。

「あれはね、君に触《ふ》れると嬉しすぎて、つい過剰《かじょう》に興奮してしまうんだ。こうして毎日会えるだけでも嬉しいのに、接触《せっしょく》も可能だというのは、長い長い独《ひと》り身《み》の時間を耐《た》えてきた私にとって、幸福を超《こ》えて毒になってしまうのかもしれない」

どの程度、信憑性《しんぴょうせい》のある話なのか分からない。

「そもそも私は触れることを許していないんですけど。博士の体の健康のため、もう私には触《さわ》らない方がよろしいのではありませんか？」

「体重の二十パーセントまでなら、短時間に出血しても生命の維持《いじ》に問題はない」

「……そういう返しをしちゃうところ、直したほうがいいと思いますけど」

無駄《むだ》に理系なんだから。

呆《あき》れる私をよそに、博士は楽しそうに笑った。

「ティナ」

「なんでしょう」

「君は実に興味深いよ。色々な表情を見せてくれるのが嬉しくてたまらない」

「う……」

完食まで、あと少し。もはやケーキの味なんて、分からなくなってしまっていた。

「あの、本当に……もう大丈夫です。ケーキもたいへんご馳走《ちそう》さまでした。ありがとうございました」

いい加減に戻らなくてはと、ケーキを食べ終わったあと私はすぐに席を立った。

「君のことを、私は夫として――」

「違いますけど」

「……夫として心配している側面もあるが、単なる施設長《しせつちょう》として、所員の体調を気にかけているという面もある。私は部下たちの精神面・身体面《しんたい》の健康についても気を配らなければならない立場だ。何か心配事があるのなら、遠慮《えんりょ》なく相談して欲しい」

「ありがとうございます。心配事……あると言えば大アリなんですけど、なにぶん業務外の個人的なことなので」

だからヴィル博士には相談できません。

そういう文脈だったはずが、気づいた時にはすでに博士の目が爛々《らんらん》と輝《かがや》いていた。

「口外しない。査定にも影響《えいきょう》しない。君の心配事とはどういうものなのだろうか？　さあ、言ってみたまえ。さあ、さあ！」

……口を滑《すべ》らせた私も悪い。どうせこのまま口をつぐんでも、あれこれとしつこく詮索《せんさく》されてしまうのだろう。

半ば自暴自棄《じぼうじき》になった私は観念して、現状を博士に打ち明けることにした。

「先日、私はバロウズ家の養子で、兄の配偶者《はいぐうしゃ》として引き取られたのだと兄から打ち明けられまして。だから、今の職を捨てて結婚するようにと言われてしまいまして」

博士から目を逸らし、手短にササッと説明した。この要約力、我ながら素晴らしい。

「それはいけない。ティナは私の妻なのだから、横取りしようなどと目論《もくろ》むのは許せないな」

違いますけどね。妻ではないし、恋人ですらないですけどね！

「当然、ティナは断ったんだろう？」

「断りましたが、兄は納得していません。次の週末、良い返事を聞かせてくれ、と」

「なるほど。それは私も君の夫として上司として、およそ受け入れられない提案だ」

「夫じゃないですけどね」

博士の声は冷静だった。しかし、あれだけ妙《みょう》な好意を向けてくれる彼のことだ、その表情はもしかしたら怒り《いか》憤り《いきどお》に打ち震《ふる》えているのかもしれない。

私はこっそり視線を上げて、博士の顔色を窺った。

「あれ!?」

博士はなぜか、満面の笑みを浮かべていた。

「ティナ、最終確認《かくにん》だが、君にその話を受ける気はないということで間違いないね？」

「はい。私にとって兄はやっぱり兄ですし、せっかく入った研究所も、志《こころざし》半ばで退職なんてしたくありませんし」

「分かった。では、夫の私が力になろう」

「だから、もう……」

訂正することが億劫《おっくう》になってきた。ため息をつき、改めて博士に質問する。

「力になる、とはどういうことですか？」

「兄上が再び訪ねてきたら、『もう決めた人がいる』と言って、私の名を出しなさい。なんなら、非公式だがすでに婚約《こんやく》もしていて、近々両親に会いに行く予定だった、とも。もしも信じてもらえないようなら、私が同席してもいいし、既成《きせい》事実を早急に作ってしまっても構わない。むしろ望むところだ」

考えていなかった展開ではない。

けど、実際その展開を迎《むか》えてみて、これはこれで相当厄介だと感じる。

「既成事実は不要ですし、博士にそこまでしていただく必要はありません」

「では、君一人で解決できると？」

「そ、それは……」

言いよどむ私に、博士は「視点を変えよう」とやや興奮した様子で畳《たた》みかける。

「所員を一人雇用《こよう》する場合、新たに備品を用意したり、諸々《もろもろ》の手配などで金がかかるのはティナも想像に難《かた》くないだろう。さらに中途《ちゅうと》でなく新規採用の場合だと、ある程度の教育を施さなければ使い物にならない。にもかかわらず、報酬《ほうしゅう》というのはいくらポンコツでも雇用時点から支払《しはら》い続けなければならない。……ここまで、私が言っていることは理解できるね？」

「はい」

「一般《いっぱん》に、企業《きぎょう》が新入社員への初期投資分の元を取れるようになるまで、四年から五年かかるといわれている。ティナ、君はここで働き始めて、どれだけの期間が経過した？」

「は、半年と少し、です……」

「つまり今、君がここを辞《や》めてしまったら、ルルイエ幻獣研究所の被《こうむ》る損失は？」

「大きい……ということ、ですよね」

「ご名答」

つ、辛《つら》い……。

「ティナ。私はすでに君とは夫婦《ふうふ》関係にあるも同然だと考えているが、それを今、強要するつもりはない。ともに暮らすのも一夜をともに過ごすのも、ティナの心の準備ができるまで待つつもりだ。だから、君の両親と本当にお会いすることになったとしても、早急に具体的な話をしようとは考えていない。『そのうち』『落ち着いたら』と、いくらでも先延ばしにすることは可能だと思っている」

確かに、博士の言うことも一理あるのかもしれない。

「博士がおっしゃりたいのは、取りあえず、私の恋人のふりをして、兄が諦めるのを手伝ってくださるということですよね？」

「その通り」

「本当に、単なる『フリ』なんですよね!?」

「もちろん」

「う〜ん……」

いくら考えてみても、残り時間が限られている中では、これ以上の策は見つからない。

というより、切羽詰《せっぱつ》まりすぎて策など一つも思いつかない状態だ。

私はついに覚悟《かくご》を決め、最後の言葉を絞《しぼ》り出《だ》す。

「……お願い、します」

「よし！」

博士が私の手を取った。成約《せいやく》の握手《あくしゅ》、といったところか。

「ではティナ、私たちは晴れて恋人同士だな！」

「はい、まぁ……」

「『夫婦』ではないことに若干《じゃっかん》の不満もなくはないが、ティナの口から肯定《こうてい》の言葉が聞けて嬉しいよ！」

「そんなことより博士、また鼻血が垂れてますけど」

「なあに、かえって健康になる」

「なりません」

このとき博士は「『偽装《ぎそう》恋人』から入ったとしても、少しずつあんなことやこんなことを『恋人なら当然のこと』と言ってティナにさせていけばいいだろう。そのうちティナがどこかおかしいと気づいたとしても、その頃には外堀《そとぼり》を埋《う》めて退路《たいろ》を断ち溺愛《できあい》して相思相愛になってしまえば、きっとティナも私のことを受け入れざるを得なくなる」と腹黒いことを考えていたようだ。

なぜ私が博士の胸中を知っているのかといったら、博士から鼻血とともに心の声がダダ漏《も》れになっていたからだ。

細心の注意を払い、いつでも後戻《あともど》りできる位置で踏《ふ》みとどまっていなければ。私はそう心に命じた。

6 迷走中

あっという間に、兄さんの再来する約束の日がやってきた。

前回と同じ轍《てつ》は踏《ふ》むまいと、その日ばかりは兄さんがいつ来てもいいように早起きし、薄《うす》く化粧《けしょう》も施《ほどこ》した。また「仕事が忙《いそが》しすぎるのではないか」などと言われないよう、血色よく見せるためにチークだけは念入りに――もちろん浮《う》かない程度に――重ねた。

兄さんは逆上して声を荒《あら》らげたりするような性質《たち》ではないが、それでも神経が高ぶった際に鎮静剤《ちんせいざい》の役目を果たすことを期待して、紅茶に合わせて一口サイズのクッキーも用意しておく。もちろん、効果の有無《うむ》は定《さだ》かではない。

服装は、興奮を誘《さそ》う赤色は避《さ》け、心を安定させる青色を基調としたワンピースを選択《せんたく》。髪《かみ》は後頭部でまとめ上げ、服の共布《ともぎれ》で作ったリボンを飾った。

「兄さん……いらっしゃい」

「やあ、ティナ。先週ぶり」

ドアノッカーの音が響《ひび》き、私は玄関扉《げんかんとびら》を開けた。もちろん、そこに立っているのは他でもない兄さん。平静を装い私は彼《かれ》を招き入れた。

先週と同じく食卓《しょくたく》テーブルの椅子《いす》に座《すわ》ってもらい、紅茶ポットにお湯を注ぐ。その間、「今日はちゃんと起きていてくれたんだね」、「普段《ふだん》はちゃんと起きているの。先週が珍《めずら》しかっただけ」などと会話をしながら。

「それで、先週の話の続きだけど」

紅茶を淹《い》れて差し出してすぐ、兄さんは本題に入った。

「家に戻《もど》る決心はついた？　職場には退職の話をした？」

覚悟《かくご》はしていたものの、こんなに唐突《とうとつ》では心の準備も何もあったもんじゃない。かといって、のらりくらりといつまでもかわし続けてもいられない。私はゴクリと唾《つば》を呑《の》み込《こ》み、兄さんの顔をじっと見つめた。

「兄さん、私、やっぱりあの家には戻れない」

「どうして？」

彼は表情をピクリとも変えない。

「やっぱり私にとって兄さんは幼い頃《ころ》から兄さんだから。異性としてなんてどうしても見られない」

「何も今すぐにというわけじゃない。結婚《けっこん》も、まずは婚約《こんやく》して準備諸々《もろもろ》を整えてからでなければ、式だって挙《あ》げられないわけだし」

ふと、ヴィル博士の顔が頭に浮かんだ。

彼は「結婚しよう、すぐしよう、さあしよう！」だったのに、兄ときたらその真逆だ。しかし、より強引に感じるのは博士ではなく兄の方。

「仕事だって、一生懸命《いっしょうけんめい》勉強して、きっと運も後押《あとお》ししてくれて。それでようやく就《つ》けた天職なの。私は元々結婚なんてしなくてもいいと思っていたし、だから、兄さんには悪いけど、仕事と家庭を両立できないのであれば、その結婚に私は価値を見出《みいだ》せない」

「それは困った。非常に困ったなあ」

兄さんが動揺《どうよう》している姿など、私はこれまで見たことがない。今だって口では「困った」と言いながらも、いつもと同じゆったりした調子で紅茶を二口、三口すすっているのだ。

「幼い頃から、僕《ぼく》はずっとティナだけを見てきた。ティナもそうやって、僕を見てくれていると思っていたんだけど」

「兄さんにはとても感謝しているわ。だけど、感謝しているから結婚しましょう、とはならないわ」

「ティナは何も知らない。知らないから、そんな甘《あま》いことが言えるんだよ」

「甘い？　私が……甘いのかな」

「そうだよ。君は今、ここで一人暮らしをして仕事もして、立派な社会人になったと思っているかもしれない。でも、君の本質は幼い頃から何も変わっていないんだ。病弱だった頃の、一人では何もできないティナとね」

「そ、そんな」

そんな言い方ってないいんじゃない？

「事実だろう？　あれがしたい、これがしたいと夢見がちな割に、己《おのれ》の分《ぶ》を少しもわきまえていないのだから。周囲には散々迷惑《めいわく》をかけ、我《わ》が儘《まま》を通し、それを当たり前だと思って憚《はばか》らない。己の能力を過信して、無謀《むぼう》なことばかりに手を出す」

私を好きだと言う一方で、ここまでスラスラと私を貶《けな》す言葉が出てくるなんて、兄さんをちょっと異常に感じてしまう。

「でも、僕だけは君の愚《おろ》かな一面も決して咎《とが》めないと誓《ちか》おう。ティナ、君は変わらなくていいんだよ。今日みたいに女性らしくスカートを穿《は》き、家の中で編み物でもしながら夫となる僕の帰宅を待っていてくれさえすれば、僕は君を責《せ》めない。考えることは僕が全部引き受けるから。君は何も考えず、ただ、僕を迎《むか》え入《い》れるだけでいいんだ」

いつもそう。私は「変わりたい」のに、兄さんは「変わるな」と抑圧《よくあつ》する。

フツフツと、怒《いか》りと不満がこみ上げてくる。けれど爆発《ばくはつ》させたら最後、私が負けてしまうだろう。そんなこと、もう何年も前に学習済みだ。

「ねえ、ティナ。そんな生活こそ、素晴《すば》らしいと思わない？　なんの不自由もなく、世間の荒波《あらなみ》にもまれることもなく、日々を穏《おだ》やかに過ごせるんだよ。これはきっと、僕が夫でなければ叶《かな》えられない暮らしだろう。ティナは何も知らないまま、僕に守られていればいいんだ。だから、これ以上の勝手はやめて――」

「婚約者がいるの！」

私は切り札を使った。これ以上は耐えられなかった。兄さんはなんとしてでも私を連れ帰る気だと悟《さと》ったのだ。

しかし、何を血迷ったのか、ここ一番の場面で設定を間違《まちが》えてしまった。「婚約者」ではなく、「恋人《こいびと》」だった……博士を無駄《むだ》に喜ばせてしまいそうな致命的《ちめいてき》なミス……！　しかしもう訂正《ていせい》なんかできない。仕方がない、このまま行くしかない！

自立したい。知りたい。世界を感じたい。

きっと兄さんには私の気持ちなど理解できないだろう。兄さんは女性の社会進出を否定してはいないけれど、私が社会に出ることを、手放しに「良し」とは思っていないのだ。

私が「こう思う」と主張したところで、それが兄さんの考えと合致《がっち》しなければ、彼にはどうしたって納得《なっとく》できないはずだ。

正直言って、兄さんの理解を得ることは困難。

だったら、別の方法で兄さんに納得してもらうしかない。

「婚約者？　ティナに？」

「そ、そうよ。プロポーズされて、承諾《しょうだく》したの」

「……誰《だれ》？」

「ヴィルヘルム・フロイデンベルクという男性」

どうして博士はこうもかた苦しい名前なのだろう。せめてファーストネームだけでも、「トム」「ジャック」みたいな簡単なものだったなら、紹介《しょうかい》するのも楽だったのに。

兄さんもこの個性的な名前にピンと来たのか、眉《まゆ》をぴくりと動かした。

「もしかして、ティナが以前尊敬していると言っていた……」

「ええ、そうよ。私の職場の所長。……偶然《ぐうぜん》、そういう関係になって」

「その男はいくつなの？　高名な研究者なんだろう、ご年配なんじゃないのかい？」

「驚《おどろ》くほど年上じゃないわ。ちょっとだけよ。見た目も若いし」

年齢《ねんれい》については、本人にはぐらかされたままなので、実は今もはっきりしない。もしかしたら兄さんの言うとおり驚くほど年上なのかもしれない――その線が濃厚《のうこう》だと思っている――が、こうやってごまかすほかに術《すべ》がない。

「上司と部下という立場を利用して、無理やりティナに関係を強《し》いたのでは？」

「そんなことは一切《いっさい》ないわ。同意あってのことよ」

「愛人関係でもなくて？」

「疑うのなら、彼を兄さんの前に連れてきてもいい。母さんと父さんに会ってもらってもいいわ。近々顔合わせをしなければと考えていたくらいだし」

「……そうか」

兄が目を伏《ふ》せた。口元に手を当て、何やら考え込んでいる。

政略結婚もなくはないが、自由恋愛《れんあい》が推奨《すいしょう》されだしたこのご時世、いくら兄さんとはいえ、私と博士の仲を引《ひ》き裂《さ》こうとする——語弊《ごへい》があるが——権利はないはずだ。

それに、俗《ぞく》っぽい視点だけれども、博士は家柄《いえがら》も収入も外見もなんら問題なく、研究者としてはトップを走り続ける傑物《けつぶつ》である。口を開けば問題発言も飛び出すが、白衣を着せて黙《だま》って立たせておきさえすれば、周囲が絶賛してくれるような人なのだ。

私なんかと結婚しなくても、きっと引《ひ》く手数多《てあまた》の男性。そういうわけで兄さんも、家族として、ヴィル博士との縁談《えんだん》を断る理由はそう思い当たらないはずだ。

「そう来るとは思わなかったな」

兄が席を立った。

「出直すよ。考えなければならないことが増えたからね」

考えなければならないこと？　なんだろう、私と博士の結婚について？　博士の身辺調査でもするというのか。

「あっ、兄さん、紅茶とクッキーは——」

「いらない」

じゃあねと言って、兄は足早に帰ってしまった。

こうして絶体絶命の危機は過ぎ去り、ひとまず私は今の場所にいることを猶予《ゆうよ》された。しかしながら、兄さんは「また来る」と言っていた。次はいつ来るのだろうか。そして、どんな無理難題を吹っかけてくるつもりなのか。

私のことを諦《あきら》めないまま、新たな策を持ってきたなどと言われたら気も滅入《めい》ってしまうだろうが、博士との結婚についての話を進めようという話でも、それはそれで滅入ってしまう。

「あれ、この子、元気がないなあ」

目の前には、動きの悪い金角蹄《ズラトロク》。

ズラトロクとは、第三級幻獣《げんじゅう》に属し、元々は高山地帯に生息している中型の幻獣だ。金色の角を持ち、穏やかで、ポニーよりもやや小さいその姿はとても愛くるしい。幻獣の中では個体数が多い方だったが、愛玩《あいがん》用として乱獲《らんかく》されたり、あるいはその角を高値で売りさばこうとする密猟者《みつりょうしゃ》の手によって、現在では数を大きく減らしている。そのため、この研究所でも数頭を飼育し繁殖《はんしょく》させようと試みているところだ。

いつもなら、餌箱《えさばこ》に餌を入れたらすぐに寄ってきて食べ始めるのに、今日に限っては食いつきが悪い。昨日の夕方、老衰《ろうすい》による肺炎《はいえん》で一頭が天に召《め》されてしまったので、感染《かんせん》の可能性も考えた。

しかし、計れば平熱。呼吸と排泄物《はいせつぶつ》の状態も悪くない。そこから判断するならば、おそらく原因は他にあると推測される。

「おはよう。今日も早いね」

「ヒャッ⁉」

集中しているところに背後から声を掛けないでいただきたい。博士の声は耳に心地《ここち》よく響く低い声。彼の性格は苦手だけれど、声だけ――ついでに言うと容姿も――は私も気に入っているところではある。が、音もなく近寄り、耳元で急に声掛けするというのは、心臓に悪すぎる。

「……おはようございます」

不機嫌《ふきげん》な様を隠《かく》しもせず挨拶《あいさつ》を返すが、博士は気にせずニコリと笑う。

昨日は兄さんが来て、結局博士の名前も出してしまった。一応報告をするべきか、今後何か兄側から動きがあるかもしれないことと、もしかしたら博士にもなんらかの迷惑がかかるかもしれないことを伝えておいた方がいいのか、私は逡巡《しゅんじゅん》した。

「どうした？　ズラトロクに何か変わったことでもあった？」

「あ、えっと……」

そうだった、失敗。

博士はここの施設長《しせっちょう》で研究者だ。私との「どうこう」の前に、今は勤務時間中だし、まずは目の前の異変を伝えるべきだった。

「今日はなんだか元気がないみたいなんです。その原因が分からなくて。餌の配合も昨日までと同じですし、便《べん》の様子も正常で病気にかかっているわけでもなさそうですし……」

「なんだ、そんなことか」

博士は手前にいる一頭の頰《ほお》を撫《な》でながら、あっさりと言い放った。

「仲間の死を悼《いた》んでいるのさ」

「仲間の死を……悼む？　この子たちが？　でも、万一そんな感情があったとしても、昨日死んだ一頭は、病気が発覚してからすぐに別の檻《おり》に隔離《かくり》したから、ここにいる彼らはその子が死んだことを知らないのではありませんか？」

知能の高い動物や幻獣の中には、仲間の死を悲しむものもいるというのは聞いたことがあるけれど、それは目の前で起こった「死」に限るのではないのだろうか。

「幻獣には、『第六感』が備わっているんだよ。今の人間の科学力では説明できないが、確かにある。その第六感で、仲間の死を感じ取ったのだろうね。寂しがりやの彼らは、死にも敏感《びんかん》なんだ」

第六感。我々には説明できない。それを説明できるように解明していくのが、私たちの仕事だ。

実際の博士は想像と違って全くの変人だったけど、彼の論文にずっと前から触《ふ》れてきた私にとって、彼はやはり憧《あこが》れの研究者であり、第一線に立つ研究者なのである。

「これは君にしか言わないが、実は幻獣たちは、人間の言葉も理解しているんだ。反応するかしないかは、彼らの意思によるところというだけ。分かりやすい例でいえば、君が世話している第三級の茸妖精《エサースロン》。彼らは困っている人間を助けてくれるだろう？　あれなんか、人語が分からなければ手伝えるはずもないからね」

博士は竜《りゅう》研究の第一人者だが、最近ではその他の幻獣についての論文も発表する機会が増えた。今、彼がなんの研究をしているか、私は知る身ではないけれど、それでもこの豊富な知識は単純にすごいと感嘆《かんたん》してしまう。

「それで昨日、君の兄上は来たのかな？」

感嘆してしまうけれども、急に話題を変えるのはやめてほしい。注文が多いと言われようが、心臓に悪いことは確かだ。

「はい、来ました」

「撃退《げきたい》できた？」

「一応は。また出直す、と言ってましたけど」

恋人設定を間違えて婚約者設定に格上げしてしまったことは、博士には伏せておく。

「そうか、君の兄上もしぶといねえ」

博士は苦笑しているが、どことなく楽しそうにも見える。

「でも……ありがとうございました。助かりました」

「いいよ。兄上が私に会いたいと言うなら、喜んでお会いするし、ご両親との顔合わせも、こちらこそ望むところだし」

「そこまではちょっと困ります。兄には速《すみ》やかに退《ひ》いてもらわなければ」

後戻《あともど》りできる余地はなんとしてでも死守したい。

「あー……頃合いを見計らって、その……あまり、いや、全くもって私の本意ではないが、ティナが嫌《いや》で嫌で仕方ないと言うのなら、兄上のことが収束したあと、我々が……取りあえず……破局したということにしてもいいし……本当は全く、全くよくないのだが！」

博士がつっかえながらも私に配慮《はいりよ》した言葉をくれた。

ただの仮定の話なのに、ヴィル博士の水色の瞳《ひとみ》は虚《うつ》ろになり、顔は老《ふ》け込《こ》んだみたいに土色になっている。

普段の大胆不敵な様子とは打って変わり、この世の終わりに絶望している人そのものにも見える博士に、私は噴き出さずにはいられなかった。

「……笑わないでくれるかな」

ちょっとだけ照《て》れくさそうにしているのを見ると、いつも手のひらで転がされている身としては、胸がすく思いである。

「……いや、やはり先の発言は撤回《てっかい》する。笑ってくれて結構。どちらにしろ、私はティナの笑顔が好きなんだ」

……………待って。待って待って待って。

何よ、突然《とつぜん》。

ずるい。卑怯《ひきょう》だ。

研究一筋の変人のくせに。

とどめに、博士の手が伸《の》びてきて、私の頭をポンポンと撫《な》でた。

……違《ちが》う、違うから！

博士にドキドキするなんて、絶対違うから！

「は、博士！」

では、と立ち去ろうとする博士の背を、大きな声で呼び止めた。

私ったら、急に名残惜《なごりお》しくなったのだろうか。いやいやまさか、私がヴィル博士にそんな感情を抱《いだ》くなんて。……だったら、この胸の鼓動はどう説明したらいい？

自分でも、己の感情の揺《ゆ》れに理解が追いついていなかった。初めてのことに動揺して震《ふる》える膝《ひざ》を叱咤《しった》しながら、紅潮《こうちょう》し始めた顔のまま、ヴィル博士にまくし立てる。

「あの、先ほどのズラトロクの件！　第六感の……そういうのが備わっているということについて、もしよければ、博士が覚えていらっしゃるなら、ぜひ出典を教えて欲《ほ》しいのですがっ！」

「出典？　ないよ、そんなもの」

「え？　ない……？」

ないとはどういうことだろうか？

博士の単なる仮説なのか、それとも、今まさに論文としてまとめている最中なのか――

質問事項を頭の中で整理している中、先に言葉を発したのは博士だった。

「竜はもっと寂しがりやだ。ズラトロクよりも、ずっと」

「……え？」

「竜の番《つがい》については以前話したね。死してなお骨格標本としてその姿を晒《さら》されている彼は、己の番と引《ひ》き離《はな》されて、どれだけの寂しさを味わったのだろうか。相手の方だって、愛する彼が連れていかれて、置き去りのまま独りのまま、結果別々の地で寂しさに負けて死んでしまっただろう。幸せには程遠《ほどとお》い最期《さいご》だったと、想像には難《かた》くない」

「ヴィル博士？」

「竜は寂しがりやで、愚《おろ》かで、世界のことは誰よりも知っているくせに、自分が何ものかを知らない。個体数が少ないから、長く生きていても仲間にすらなかなか会えない。だから、番を欲《ほっ》するんだ。番を得たら、病的なまでに相手に依存《いぞん》する。そして相手が死んだら寂しさに耐《た》えきれずあとを追うし、後追いせずとも遠くない未来に相手も事切れるように、彼らはお互《たが》いを血で縛《しば》るんだ。最もくだらないところは、それがどれだけ愚かなことであるか分かっていながらも、それでもその欲には抗《あらが》えない、というところか」

「博士、それは——」

遠い目。博士は私を見ているが、正確には私を通《とお》り越《こ》した先にある何かを見つめている。

ヴィル博士は何を考えているのか。

これまでに何を見て、何を知ってきたのだろうか。

言葉の続きを考えていたら、博士がニコッと笑った。いつもと同じように。

「なんでもない。忘れてくれて構わない」

そんなことを言われても、忘れられるわけがない。謎《なぞ》があれば気になってしまう。

「ティナ」

「はい？」

「もし、私の正体が竜だと言ったらどうする？」

……え？

博士が、竜？

「私が幼き日の君と会ったことのある竜だと、君が初恋《はつこい》を捧《ささ》げた竜だと言ったらどうする？」

……本当に？

今の所長は人間の姿をしている。でも、竜は人間の姿に「擬態《ぎたい》」できるのだと、博士は以前言っていたっけ。もしや、あれは研究の結果判明したことではなくて、己の経験に基《もと》づくことだったとしたら――

博士がぷっと噴き出した。

「冗談《じょうだん》だよ」

「…………は？　じょ、冗談!?」

「ティナは人を信じすぎるところがある。もっと疑ってかかることを覚えなさい」

もっと疑え、と？

何を？　博士のことを？　……どこから？

まだまだ謎多き竜の生態。そのうちの一部分を博士自ら教えてくれたのは、いつのことだったたか。もしかして、あの時の話も博士の戯言《ざれごと》だったのだろうか？

……つまり、私は、からかわれた……？

「はか――」

博士はすでに、私の前から去っていた。

7 ミミの恋

ここのところお互《たが》い忙《いそが》しく、なかなか宅飲《たくの》み兼宅食《けんたくた》べ——もちろん甘《あま》いものばかり——すら開催《かいさい》できずにいたミミから、久しぶりに連絡《れんらく》が来た。

「ティナに伝えたいことがあるの」

そう言って私を外食に誘《さそ》うミミは、以前よりもやけに上機嫌《じょうきげん》だった。兄さんのことが少し後ろめたかったけれど、早速《さっそく》私はその日の夜、彼女とディナーがてら会うことにした。

そわそわしながらお手頃《てごろ》価格のコース料理を頼《たの》み、ぶどう酒が来るのを待ってから二人で乾杯《かんぱい》を交《か》わす。

「あのね、聞いてティナ！」

一口飲んだだけのグラスを置いて、前のめりでミミが堰《せき》を切ったように話しだした。よっぽど私に言いたくてたまらないことがあったのだろう。

「私、ついに恋が叶《かな》ったの！」

「こ、恋が？　だって、ミミ、兄さんに……」

ミミは長い間、私の兄さんに懸想《けそう》していた。けれど兄さんはつい先日、私に結婚《けっこん》を迫《せま》ってきたのだ。いくら私が断ったからって、舌の根も乾《かわ》かぬうちから――私としてはありがたいけど――ミミの想いを受け入れたというのは、ちょっと違和感《いわかん》を覚えてしまう。

兄さんのことは苦手だけれど、「ティナがダメならミミでいいや」と考えるような軽い人ではないと、信じたかったという部分もある。

「そうよ？　お相手はもちろんフレッドよ。フレデリック・バロウズ。あなたのお兄様に決まっているじゃない！」

「え、ほ、本当に……？　兄さんと、ミミが？　本当の本当？」

「疑いすぎよ、失礼ね！　これまでもちょくちょく連絡のやりとりをしたり、時間が合えば直接会ったりしていたけど……ついに先日、旅行に行かないかって誘われて、そこで私たち、結ばれたの！」

私はどう反応していいのか分からなかった。ただ分かるのは、自分の顔から血の気が引いていく感覚。

兄さんとミミが真剣《しんけん》に付き合っているのなら、私は口をはさまない。

けれど、正直、信じがたい。ミミが嘘《うそ》を言っているとは思わないが、どうしても違和感が拭《ぬぐ》えないのだ。

兄さんは私のことを諦《あきら》めてくれた？　それにしても、切《き》り替《か》えが早すぎない？　何か裏があるんじゃないの？

兄さんの周囲の人間は、一様《いちよう》に兄のことを「温厚《おんこう》で心が広い」と評価する。一方で、家族として長年一緒《いっしょ》に過ごしてきた私には、それが彼《かれ》の全てではないと確信を持って言える。特に私に対する態度は、一見すると優《やさ》しいけれど、「優しさ」という糖衣《とうい》を纏《まと》った「悪意」に思える時もある。一番の問題は、兄さんがそれを少しも悪いこととは感じておらず、正しいことを言った、した、と思い込んでいる点だ。

幼き日、私に石を投げて怪我《けが》をさせたあのいじめっ子も、私に竜《りゆう》の話をしてくれたあのいじめっ子も、その後誰《だれ》が仕掛《しか》けたか分からない狩猟《しゆりよう》用の罠《わな》を踏《ふ》んだりして散々な目に遭《あ》っている。

もちろん、兄の仕業《しわざ》だと断定できる証拠《しようこ》はなかった。しかし、母伝いにいじめっ子が怪我をしたと聞いた兄は、「それはお気の毒に」と言いながら、確かに笑っていたのだ。

悪い予感、程度にしか形容することができないが、とにかく、二人の関係の進展を、手放しで祝福することが私にはどうしても難しかった。

ミミに何か危害が及《およ》ばないか、私は心配だった。私のことで、ミミが利用されていたらどうしよう。ミミがあとで深く傷つくことになったらどうしよう。

「妹のあなたとしては、惚気話《のろけばなし》を聞かされても……って感じかもしれないけど、今一番恋愛《れんあい》の楽しいところなんだから、黙《だま》って聞きなさいよ？」

ミミと兄さん、二人が初めて会ったのは、ミミが十代の頃。

私がミミと出会って親しくなり、初めて自宅に招いた時だ。

「初めまして、ティナさんの学友のミミ・ゴルドフィンです」

「こちらこそ初めまして、ティナの兄のフレデリックです。話は妹から聞いているよ。いつも妹と仲良くしてくれてありがとう」

姉御肌《あねごはだ》でクールなミミが、あんなに顔を赤らめたのを見たのは、後にも先にもあの時だけ。テストのためにミミを家に招いたのに、兄さんのことを根掘り葉掘り聞かれるばかりで、結局大した勉強もできずにその日が終わってしまったっけ。

兄さんは昔から女性の憧《あこが》れの的《まと》で、妹の私が「お兄さんに渡《わた》して」と恋文《こいぶみ》を託《たく》されることも日常茶飯事《にちじょうさはんじ》だった。異性の影《かげ》を感じたことは一度もなかったが、あれだけ人気があったのだ、女性経験の一人や二人、当然ながらあるはずだ。きっと、それを家族に隠《かく》すのがとても上手だっただけで。

兄さんと私は年が七つ離《はな》れていたので、私が高等学校に入る頃にはすでに成人式を済ませていた。

しかしバロウズ家の事業を引き継ぐため、嫡男としてずっと実家に住み父さんの仕事を手伝っていた。だから、出張する時以外は常に在宅していたし、それを知ったミミも頻繁《ひんぱん》に私の家に来るようになった。兄は兄で私を気にかけてくれていたから――当時はもちろん「家族として」と思っていたけれど――、ミミが訪問してくるたびに顔を出して言葉も交わしていたように思う。

「ねえティナ、あなたのお兄さん、結婚のご予定はあるのかしら」

「さあ、私は聞いたことないけど……恋人がいるって話も聞かないし」

「許嫁《いいなずけ》は？」

「いないと思う」

「じゃあ、私が名乗りを上げても問題ないわよね！」

「ミミが？」

「もしも私がフレッドと結婚して、あなたの義理の姉になることになっても、ティナは反対しない？」

「反対するも何も、私が口を出すことじゃないし。ライバルは多いと思うけど、兄さんが誰を選んでも、私は受け入れるつもり。……って、ずいぶん気が早い話ね」

そんな会話もした記憶《きおく》がある。たしか、高等学校二年生の頃だ。

ミミがあのあと兄さんに想《おも》いを告げたかどうかは、実のところ詳《くわ》しく知らない。自分より年上の男性に対する単なる憧れだったのか、本当に運命的なものを感じたのか。

ミミとは専門が違《ちが》うから、高等学校卒業後は違う道を歩んだ。就職まではたまに連絡を取り合う程度だったから、その間に兄さんと逢瀬《おうせ》を重ねていても、私の不在時に実家に遊びに来ていたのだとしても、大学での勉強にのめり込んでいた私には気づくことなどできなかった。

もしも兄さんが私に変なことを言ってきたりしなければ、ミミの話をもっと嬉々《きき》として聞けただろう。けれど、あのこと——私へのプロポーズ——があったせいで、手放しに喜ぶことができないでいる。

「ティナ、どうしたの？」

ミミとしてはきっと、私が驚《おどろ》き祝福してくれるだろうと思っていたのではなかろうか。私の反応がいまいちなので、不審《ふしん》に感じてしまったのだろう。

「ううん、なんでもない。……おめでとう」

「……本当に、おめでとうって思ってる？」

「思ってるわよ」

ミミが訝《いぶか》しんでいるが、理由を話せてしまうほど私は無神経ではない。

「なによ、もっと喜んでくれると思ってたのに。もしかして、ヴィルヘルム博士と喧嘩《けんか》でもしたの？」

口に含《ふく》んだぶどう酒を危《あや》うく吹《ふ》き出《だ》してしまうところだった。

「どどっどうして、え、博士のこと⁉　なぜ今⁉」

「知ってるわよ、最近あなたたちが急接近してるって研究所でもチラホラ噂《うわさ》になっているし、フレッドからも聞いたわ」

私が博士を避けていても、向こうから接触してくることはあった。実際に彼に守ってもらったことも嘘ではないから、完全否定は難しい。けれどそんな噂が立つほどとは……内心、とても複雑。

そして、兄さん。ヴィル博士のことをミミに話したのはどういう意図か。それとも、意図なんてないただの雑談だったのか。

「フレッドもびっくりしてたわよ、いきなりそんな相手がいるなんて知らされて。婚約《こんやく》するよりもっと早い段階で教えてくれるものだと思ってた、って嘆《なげ》いてたわ」

「嘆いてた？　……それだけ？」

先日の兄さんは、「考えなければならないことが増えたから、出直す」と言って帰っていった。「出直す」というのは、策を練ってくるということではないのか。少なくとも私には、このまま私の言うがままに博士との結婚を許してくれる――するつもりもないけれど――とは思えないのに。

ミミがキョトンとしている。

「ずっとティナのこと子どもだと思っていたのに、いつの間にか恋人を作って、しかもその人と婚約までしているなんて、展開が早すぎて目眩《めまい》がしそうって言ってたわ」

少しだけ妹に過保護な兄の発言であれば、なんら問題ないだろう。

しかし、相手はあのフレデリック・バロウズだ。何か隠しているのではないか、と疑って当然だ。

そんな私の邪推《じやすい》とは反対に、ミミは嬉々として矢継《やつ》ぎ早《ばや》に質問を繰《く》り出《だ》す。

「それで？　いつから博士とそんな関係になったの？　やっぱり幻獣《げんじゆう》に襲《おそ》われて怪我をしたのがきっかけ？」

ミミとはなんでも隠さずに話せる仲だが、博士から変態的ともいえるアプローチを受けていることは、気が進まなくて黙っていた。ただでさえ唐突《とうとつ》で強引《ごういん》で辟易《へきえき》している件である、プライベートでまで思い出したくなかったのだ。

そして、いくらミミの口が固いといえども、ミミと兄さんの関係を考えると、真実を打ち明けるにはどうしても二の足を踏んでしまう。兄さんにばれたら全てが水の泡になるからだ。

ミミには申し訳ないが、当面の間は隠しておくほかないだろう。

私は慎重《しんちよう》に言葉を選びながら、ミミの問い——私にとっては尋問《じんもん》のようなもの——に答えていく。

「そ、そうね。幻獣に襲われたところを助けてもらってから、少しずつ話すようになった

「博士はプライベートではどんな感じなの？」

「どんなって聞かれても……いつも研究所とか博物館で会っているから。私も博士も忙しくて」

「……なに、つまり仕事中に逢瀬を重ねたっていうわけ？」

「う……」

逢瀬、と言うほどのものではなかった。が、ここで否定するわけにはいかない。言葉に詰《つ》まってしまったが、幸いなことにミミはそれを肯定《こうてい》の意味に受け取ってくれた。

「ティナもやるわね、仕事サボってデートだなんて！　それで、ヴィルヘルム博士のどこが良かったの？　やっぱり顔？」

「どこって、え〜と……」

私と博士の関係は偽装《ぎそう》でしかないのだから、どこが良かったも何もない。けれど、「どこにも惹《ひ》かれていない」なんて、ばか正直に言えるわけがない。

「や、優しいところかな」

博士が本当に優しいかは正直なところ分からないが、調べようもないはずだ。

「なるほど。仕事には厳しいけど、ティナに対しては優しい、と。年齢不詳《ねんれいふしょう》、超絶《ちょうぜつ》美形で頭も顔もピカイチの男性。……私には別の世界の生き物にしか見えないわ」

「私もそれは同感よ。博士が『自分の正体は竜だ』と言い出した時、そのまま信じかけたもの」

「ヴィルヘルム博士が……竜？」

ミミの顔が固まったので、私はこらえきれなくなってプッと笑いを漏《も》らしてしまった。

「やだ、ミミまで真に受けないでよ！　博士の冗談に決まってるじゃない！　人間に交《ま》じって竜が竜の研究をするなんて、どう考えてもあり得ない」

そう、あり得ない冗談だったのに、「博士が言うなら本当かも」と受け入れてしまいそうになるあたり、やっぱり博士は性質《たち》が悪い。

年齢不詳、推定四十代頃《ごろ》だと思われるが、それにしたって彼の外見は二十代か三十代前半。しかも筆舌《ひつぜつ》に尽《つ》くしがたいほどの美丈夫《びじょうふ》。研究者としての知識量は宇宙ほどに深く広く、ただ、残念なことに性格がやや破綻《はたん》気味。

常に自信に満《み》ち溢《あふ》れ、パリッとしたスーツと白衣に身を包んではいるものの、初対面も同然の女性に突然《とつぜん》「結婚式《けっこんしき》はどこで挙《あ》げようか」とためらいもなく言えるというのは、絶対に頭のネジが飛んでいる。しかも、何本も。

断りの言葉を受け付けてもらえないというところも困りものだ。かと思えば、突然思いつめた表情で哀愁《あいしゅう》漂《ただよ》わせたりして……。

まとめて言うと、ヴィルヘルム博士は、つかみどころがないのである。

「ヴィル博士自体、謎《なぞ》が多すぎる。幻獣研究にしたって、私も最新のニュースや学会誌に一通り目を通して、頭に入れるようにしているのよ。でも、博士の知識量には遠く及ばない。それに、彼の持つ知識は他の研究者の一歩も二歩も先んじている。私的な研究も数多くしているようだけど、もしかしたら博士はどこにも発表するつもりがないのかもしれないとも思うし」

「……発表するつもりがない？　なぜ？」

「私に聞かれても分からない。でも、まだ誰も発表していないことをたくさん知っているのに、論文にするペースが以前と比べて落ちているもの」

博士は私を妻にしたいと言うくせに、何もかも教えてくれるわけではない。まだまだ謎が多いし、今後も謎が減っていく気がしない。

「へえ……。そういえばティナ、あなたが所属している研究室、なんだか変わった薬を開発しているんですって？　幻獣の擬態《ぎたい》がどうとか……他の研究室の人が噂していたのを耳にしたのだけど」

「うん、まだ未完成だけどね」

それぞれの研究室の研究は、合同ミーティングで発表するまでは他言しないというのが原則。「どのような研究をしているか」くらいの、当たり障りのない範囲では情報共有をすることもあるから、それが噂としてミミの耳にも入ったのだろう。

「あまり詳しくは話せないから、かいつまむけど……幻獣の中には身を守るために体の色や形を自然の地形や他の動物なんかに合わせて擬態《ぎたい》しているものがいて、そういう個体に投与《とうよ》すると元の姿に強制的に戻《もど》すことのできる新薬を開発しているの」

「強制的に戻す？　それで、戻すとどうなるの？」

「数年前、今まで個体数が少ないと思われていたある幻獣に擬態能力が備わっていたことが確認されたの。そこから、擬態現象を強制的に解除できる薬があれば、幻獣の生態の謎にもっと迫れるのではないかと、開発が進められたみたいなんだけど……」

自分の所属する研究室での共同研究だ。否定はしたくないけれど、正直なところ問題が多いと思っている。

「あら、ティナは乗り気じゃないの？　一流の研究所の最先端《さいせんたん》の研究なのに」

「私も幻獣研究に憧れてこの道に入った一人だけど、ただでさえ幻獣は個体数が少ないのだから、生態系の破壊《はかい》には必要以上に注意するべきだと思ってる。だから、新薬開発を進めるにはもっと慎重な姿勢が必要だと思うわけよ。ヴィル博士も明言こそしなかったけれど、あまりいい印象を抱《いだ》いてはいない様子だったし――」

その晩、ミミの惚気話を聞くために呼び出されたはずの私は、気づかぬうちに熱く研究について語ってしまっていた。実のところ、ミミの手の内でまんまと踊《おど》らされていたとも知らずに——。

誰かが廊下《ろうか》で話している。

「そういえばヴィルヘルム博士、久しぶりに論文を発表したんだって？」

「そうみたいですね。所長としての施設経営《しせつけいえい》、下の研究員の論文指導や査読もある中では、やっぱり自分の研究ペースも落ちてしまうものなんですかねえ。それにしたって最近は特に遅《おそ》いけど」

「俺《おれ》たち下《した》っ端《ぱ》には、博士が所長としてどれだけ苦労しているか、想像することも難しいからな。もしかしたら、何か悩《なや》みでもあるんだろうか」

「そりゃあいくら稀代《きたい》の天才でも、悩みナシには生きられないと思いますよ。……でも、ヴィルヘルム博士の専門は竜なのに、どうして最近は違う幻獣の研究論文ばかり発表するんでしょうね？　どっちにしろ、すごいことには変わりないんですけど」

「確かにここ十五年以上、竜研究の分野で新たな論文は出してないよな。先日博士に聞いてみたんだけど、やんわりとはぐらかされてしまったんだ」

ここで働く正規所員と比べたら、私の仕事は暇《ひま》な方。そう一日に何人も、救急が必要な人なんて現れないから。その分お給金は少ないけれど、近いうちにフレッドと結婚して退職する予定だから、私にとっては負担も少なく好都合。

そのうえ、こうやって所員たちの会話《ネタ》も仕入れることができるのだ。

「……もう竜への興味が失《う》せたんでしょうか？」

「いや、博士の先祖は代々竜の研究に取り組んできたから、それはないだろう」

フロイデンベルク家は、二百年前に私財を投じてルルイエ幻獣研究所を創立した。それ以来、竜研究を専攻している。所属の研究者は竜だけでなくそのほかの幻獣の研究をする者も多いが、歴代所長だけは特に、ずっと竜にばかり執着《しゅうちゃく》していたはず。

「ほら、あの竜の解剖《かいぼう》をしてからですよ。執刀《しっとう》を主導して、論文をいくつか書いてから、すっぱり途絶《とだ》えてしまいましたよね。竜研究じゃなくても、博士の書く論文はどれもすごいんですけど」

ヴィルヘルム・フロイデンベルクは、最近論文執筆《しっぴつ》のペースが落ちてきている。しかも、取り上げるのは竜以外の幻獣ばかり。

婚約者のティナに言った冗談。擬態と、それを無効化する薬。彼はその開発に消極的――。

ティナは何も知らない。

ティナは何も気づいていない。

ばかな子。

8 再会

あの日会話を交《か》わした竜《りゅう》。
もう一度、会いたい。

その願いは、ある日唐突《とうとつ》に叶《かな》えられることとなる――。

「おはようございまーす。さて、今日のみんなのご機嫌《きげん》はいかが……」
季節は緑が生《お》い茂《しげ》る、春まっさかりの頃《ころ》になった。気温も少しずつ上昇し、日中には汗《あせ》ばむ日もあるほどだ。私自身、昨日の休みは一日ゆったりと寝《ね》て過ごした。兄からの反応が途絶《とだ》えたまま一カ月が経過して、プロポーズやら偽装婚約者《ぎそうこんやくしゃ》やら、あの騒動《そうどう》はなんだったのかと言うくらい、穏《おだ》やかな日常を過ごせている。

そんな特に変わり映えのない一日になるはずだったこの日はなぜか、幻獣《げんじゅう》たちの様子がいつもと違《ちが》ってどこかおかしい。

金角蹄《ズラトロク》もそう。普段ならまだ眠っている子がいる時間帯にもかかわらず、小屋の隅に固まって、みなギンギンに覚醒《かくせい》している。

「どうしたの？　……ほら、餌《えさ》やりに来たよ？」

檻《おり》の隙間《すきま》から手を入れてみても、今日は一切《いっさい》近づいてこない。

私が受け持っている幻獣だけではなかった。他の研究室の幻獣も、等級に関係なく、音も声も発さずに硬直したように動かなかった。餌か、気温か、……それとも、幻獣だけが感じ取れる「何か」か。いずれにしても、ただごとではない。

「あっ！　あの！　すみません！」

たまたま、餌やりに来ていた他の研究室の職員を見かけた。名前は知らないが、顔だけなら分かる。以前、報告書についてアドバイスを求めてきた人だ。私はすかさず声をかけた。

「おはようございます。あの、どの幻獣も今日は様子がおかしいみたいで。もしかして何かあったんじゃないかと思ったんですけど、ご存知ではないですか？」

「ああ、コックス研究室のティナさんじゃないか。昨夜、大物の幻獣を捕獲したからだと思うよ」

「大物の幻獣？　それって具体的に、なんです？」

研究所内の幻獣に影響《えいきょう》を与《あた》えるような大物。ある幻獣が脳裏に浮かんだが、そんなはずはない、と私はすぐにその考えを打ち消した。

彼《かれ》はあれ？　と少し意外そうに言う。

「ティナさん、知らなかったの？　……まあ、昨日は休みだったから、休日出勤した人じゃなければ知らなくても無理はないか。捕獲《ほかく》にあたって、君のところのルノーさんが大活《だいかつ》躍《やく》したらしいよ」

「ええっ、ルノーさんがですか!?」

あのルノーさんが、活躍？　しかも、「大」活躍？

先輩《せんぱい》に失礼な、とは思うものの、それが私の率直《そっちょく》な感想なのだから仕方ない。

「それで、一体何を……」

「いやあ、実に十九年ぶりだね。前回捕《と》らえた時、俺《おれ》はまだ学生だったから生きた状態では見たことがなかった。今回が初めてだよ」

十九年ぶりに捕らえた大物。まさか、と心臓の鼓動《こどう》が速くなった。

私は嬉《うれ》しいのか、それとも、悲しいのか。

「竜だよ、竜。大きな成体の竜だ。真っ白な鱗《うろこ》と青い目の、それはそれは綺麗《きれい》な竜だった。無鉄砲《むてっぽう》な若い竜には見えなかったけど、そもそもどうしてあんな警戒心《けいかいしん》の塊《かたまり》みたいな幻獣が、人間の前に姿を現したのか……」

真っ白な鱗と、青い目。

「その竜の影響が、他の幻獣にも出ているんだろうね。においか気配か、もっと別のものか……竜が近くにいることを察知したんじゃないのかなあ」

「い……今、竜はどこに捕らえられているんですか?」

「実験棟《じっけんとう》の第三実験室だよ。あんなに大きな体を収容できるところといったら、今も昔もあの部屋くらいしか——」

最後まで聞かぬまま、私は駆け出した。

ルノーさんが竜を捕らえた? なぜ、ルノーさんが?

大きな、綺麗な竜。白い鱗、青い目。

幼い頃《ころ》、私が出会った竜と似ている。もしかしたら、同じ竜かもしれない。

実験棟へ向かう途中、いつものこの時間と比べて、出勤している所員の数が圧倒的《あっとうてき》に多いことに気づいた。「大物を捕獲した」という話がだんだんと信憑性《しんぴょうせい》を帯びてくる。

長い長い廊下を走り、いくつもの角を何度も曲がって、ようやく私は目当ての場所へとたどり着いた。

鉄骨と煉瓦《れんが》で造られた、高い天井《てんじょう》の広い部屋。太陽の光は窓に嵌《は》められた分厚《ぶあつ》い鉄格《てつごう》子《し》に遮断《しゃだん》され、少し湿《しめ》っぽく、カビの臭《にお》いも漂《ただよ》っている。

基本的に、この実験室はその名の通り「実験」をするための部屋であって、幻獣を捕らえて飼育するための空間ではない。だから、飼育環境《かんきょう》としては適しておらず、仮住まいだとしても、きっとここに入れられた幻獣たちは総じて不快な思いをするだろう。

十九年前に捕らえられた竜も、この部屋に連れてこられたのだろうか。竜ほどの巨体《きょたい》を収められる場所がここしかなかったからとはいえ、きっと最期《さいご》の瞬間《しゅんかん》まで、辛《つら》い思いをしたに違いない。

私は、竜が好きだ。だから、そんな思いなどさせたくはなかった。

竜には自由であってほしい。広い空を縦横無尽《じゅうおうむじん》に飛び回り、太陽の光を体に受けて、鱗をキラキラと輝《かがや》かせる。そんな暮らしを送ってほしい。

研究するにしても、湿っぽい部屋に生《い》け捕《ど》りにして、苦痛を味わわせ切り刻みたいなどと思っていない。野生の中で生きる竜に寄《よ》り添《そ》いながら、自由な竜の観察をしたいのに。

――そして私は、再会した。

群《むら》がる所員の隙間から見えた姿。実に十三年ぶりの再会。

紛《まぎ》れもなく、あの時出会った竜だった。

しかし、首と肢《あし》には太い輪が嵌《は》められて、目は虚《うつ》ろ、白い鱗も所々剝《は》げ欠けている。捕獲時の鎮静剤《ちんせいざい》か睡眠薬《すいみんやく》の影響なのか、苦しそうに唸《うな》っているし、記憶《きおく》の中の彼とは違って瀕死《ひんし》にすら見えるほどだ。当然ながら、私に視線を向けることもない。

「そんな……っ！」

違う。断じて違う。

再会を夢見ていたことは確かだ。しかし、こんなボロボロの姿になった彼とのそれを期待していたわけではない。

人間に竜の飼育は荷が勝ちすぎる。技術・知識ともに不十分な現状で、生態に謎《なぞ》の多い巨大《きよだい》生物の飼育など、できるはずがないのだ。きっとこの竜も、ここから解き放たない限り、この湿っぽい部屋の中で徐々《じよじよ》に息絶えていくだろう。

私の胸の拍動《はくどう》は、喜びから来るものではない。日に日に弱っていく竜の姿が容易《ようい》に想像できてしまって、それが辛くてたまらないのだ。

私は檻に駆け寄り、隙間から手を伸《の》ばした。しかし、竜には届かない。

なんと言って謝《あやま》ればいいのか。

私が捕らえたわけではない。けれど、とてつもない罪悪感に襲《おそ》われた。

「ごめん。ごめんなさい。私が……私たちが……」

私は以前、ヴィル博士に問われた。この研究所で生きた竜に会いたいかと。そしてはっきり「いいえ」と答えた。

博士はどう考えるのか。まさか十九年前と同じことをするつもり？

取り急ぎ、私は博士に会う必要を感じた。もしかしたら竜を新たに捕獲したことで、各所への対応に忙《いそが》しくしているかもしれない。でも、そんなこと私には関係ない。なんとしてでも話す時間を作ってもらわなければならない！

「ティナ！　お前も来たのか」

苦しんでいる竜に背を向け、所長室へ走りだそうとしたときだった。ルノーさんが私を見つけて名を呼んで、野次馬《やじうま》を掻《か》き分《わ》け私の前にやってきた。

「どうだ見たか、本物の生きてる竜だぞ！」

彼はやたら上機嫌《じょうきげん》で、これまでに見たこともないくらい興奮している様子だった。

「……ルノーさんがこの竜を捕まえたんですか？」

「そうだ。俺だ、俺が捕まえたんだ！　これでどこに出しても恥《は》ずかしくない論文が書けるぞ……俺もすぐに一流研究者の仲間入りだ！」

そう言って高らかに笑う彼を見ていると、違和感がますます強くなっていく。

「どうやって？　どうやって、捕まえたんですか？」

「……そっそんなの、ここに迷《まよ》い込《こ》んできた竜に、強力な睡眠薬を打《う》ち込《こ》んで眠らせたのさ。適量が分からなかったから、少し効きすぎて今もせん妄《もう》状態みたいだけどな」

「迷い込んだ？　この研究所に？　竜が？」

幻獣はただでさえ警戒心が強く、人間がいるところには近づかない。竜なんてその最たるものだし、そもそもこんな人の多い街中に、夜中だとしても自らやってくるとは到底《とうてい》考えられない。……それともう一つ。

「ねえルノーさん、この竜、そのうち解放しますよね？　飼育しようだなんて、考えてませんよね？」

彼は目をひん剝《む》いて声を荒《あら》らげた。

「はあ!?　竜だぞ？　せっかく捕獲したのに、野生に還《かえ》すなんて誰《だれ》が考えるもんか！」

私は泣きたい気持ちになった。けれど混乱のあまり、泣けばいいのか、それともルノーさんの説明の真偽《しんぎ》を確かめるのが先か、どうしていいか瞬時《しゅんじ》の判断がつかなかった。

「ルノーさん、私――」

突然《とつぜん》、彼に肩《かた》を突《つ》かれた。衝撃《しょうげき》にふらつき、私は数歩後ずさりする。

見ればルノーさんは、キョロキョロと落ち着かない視線で、額にびっしり汗をかいていた。

「とととにかく、見つけて捕まえたのは俺だ！　同じ研究室のお前も、俺のおこぼれを貰《もら》ってあの竜の研究ができる可能性だってあるんだぞ！　いいのか、俺に盾突《たてつ》くってことは、そういう機会を失うってことだぞ!?」

「盾突くも何も、その前に私は、どうやって――」

ルノーさんは、一体何に怯《おび》えているのか。

「うるさいな！　お前なんか博士がいなけりゃ怖《こわ》くもなんともないんだよ！」

「……博士がいない？　なぜ？」

ルノーさんはハッとして顔色を変えた。

「そそそっそれより新人っ、幻獣の世話は終わったのか⁉」

「こ、これからです」

これについては言い訳のしようもない。餌やりを投げ出してきてしまったのだから。

「すみません、これから行きます。でも、ルノーさん、それとこの竜についてはまた別の話だし、博士は――」

「うるさい、どけっ！」

乱暴に言い放つと、わざと私にぶつかってルノーさんは部屋を出ていった。

……確信。ルノーさんは、何かを隠《かく》している。

彼の様子が尋常《じんじょう》ではないので、その場に居合わせた所員らは私たちのやりとりを窺《うかが》っていたのだが、その中の一人にデンゼルさんを見つけた。

「あのっ、デンゼルさん！　博士は……ヴィルヘルム博士は今どこに？」

この竜について、博士がどう考えているのか聞きたかった。しかし彼女《かのじょ》は首を振《ふ》る。

「ルノーがこの竜を捕らえたのが昨夜。そのあと私もコックス室長から連絡《れんらく》を貰って駆けつけたの。でも、博士だけはつかまらないみたいなのよ」

博士は秘書をつけていない。研究や施設運営を同時にこなし、己《おのれ》のスケジュール管理も全て一人でさばいている。だから、彼の詳細《しようさい》な予定を知る者は誰もいないのだ。

私は博士を捜したかったが、しかし世話を放り出してきた幻獣たちのことも気になる。彼はこの研究所の施設長なのだ、私でなくとも、きっと他の誰かが捜してくれるだろう。そう思い、私はひとまずここを離《はな》れることにした。

幻獣管理棟に戻《もど》る前、私は再度竜を見た。時折頭を起こそうとするが、鎖《くさり》が邪魔《じやま》をして半端《はんぱ》な高さまでしか上がらないようだ。しかも瞳孔《どうこう》は開ききって、左右の目玉がそれぞれ別の方向を向いている。何かしてあげたくても、竜が自力で覚醒するまでは、私にできることはないだろう。

早朝に会った時と変わらず、幻獣たちはみな異常なままだった。神経を尖《とが》らせ警戒し、また、怯えているようにも見える。

「……ごめんね」

口をついて出たのは、謝罪の言葉。

竜は幻獣を統《す》べる王だ。その王を捕らえてしまったのは、紛れもない、私たち人間。あの竜に罪などないというのに。

今すぐあの竜を解放してあげたい。さもなくば、あの竜は十九年前に捕獲した竜と同じ運命をたどるだろう。しかし、研究者たちが放獣《ほうじゆう》に同意するとは思えない。

残念ながら新人研究員の私には、先輩研究員たちの意見を変える力などない。「竜を解放しよう」と声をあげたところで、黙殺《もくさつ》されて終わるだろう。だからこそ、この研究所の所長であるヴィル博士が頼《たの》みの綱《つな》なのに。

己の無力さともどかしさに涙《なみだ》が出る。でも、まずはやるべき仕事を終えなければ動けない。白衣の袖《そで》で頬を拭《ぬぐ》いながら、餌やり、掃除《そうじ》、健康チェックを手早く終え、私は急いで研究室に戻った。

「おはようございます、幻獣の朝の世話、終わりまし――」

みなが一斉《いっせい》に振《ふ》り返《かえ》る。ルノーさんもそこにいたが、全員の表情が一様に硬《かた》い。

「……どうしたんですか？　何かありました？」

当然ながら、竜を捕らえたこと以外に、という意味だ。

「ティナ、正直に答えてくれ」

「はい……？」

「この週末、研究所に来たか？」

「いいえ、来ていません。家でゆっくりしていましたけど……」

コックス室長が、デンゼルさんやルノーさんと目を合わせている。

「ティナ、開発中の新薬エリクサーのことで質問があるんだが」

「私に、ですか？　今はヴィルヘルム博士に中間論文の査読依頼中《さどくいらいちゅう》ですよね？」

なぜ今、なぜ私に？　とは思った。今は新薬より捕獲した竜の対応の方が懸案事項《けんあんじこう》だと思うし、まず、新薬のことで質問されても、途中《とちゅう》から研究に加わった私には答えられることの方が少ない。

「博士からは、副作用などいくつかの問題が未解決である点と、倫理面《りんりめん》について厳しい指摘《してき》を受けている」

新薬に懐疑的《かいぎてき》な私と同様、やはり博士も研究の是非を疑問視していたみたいだ。研究を主導してきたコックス室長としては、さぞかし残念なのだろう。もしかすると、開発の中止もありうるのだろうか。だから今も硬い表情のままなのだろうか。

「その薬が、週末、盗《ぬす》まれたんだ」

「そうですか、盗ま……え？　盗まれた!?」

予想を裏切る彼の言葉に、私は耳を疑った。

「施錠《せじょう》した研究室内の、施錠した保管庫の中で管理していたんだが、今朝来てみたら鍵《かぎ》をこじ開けられていた。確認《かくにん》したところ、エリクサーの数が足りないんだ」

「じゃ、じゃあ、外部の人間が侵入《しんにゅう》したということですか？」

「いや……」

どうも室長の歯切れが悪い。

「研究室自体も施錠していたけど、そちらの鍵は壊《こわ》されていない。壊されていたのは、保管庫の鍵だけなのよ」

　デンゼルさんが見かねて言った。

「まさか身内の犯行、ということですか？」

　他の研究室の誰かが盗んだ？　一体誰がそんな真似《まね》を？

　しかし、デンゼルさんに目を逸《そ》らされてしまった。彼女もまた、室長同様歯切れが悪い。

「研究室の鍵は、この研究室所属の研究員は全員持っている。だが、保管庫の鍵は、この中で一人だけ渡されていない者がいる」

　私は彼らが、何を言わんとしているのかを悟《さと》った。

　声に出したくなかったが、このままでは埒《らち》が明《あ》かない。ゴクリと唾《つば》を呑《の》み込《こ》んで言う。

「……つまり、私を疑っている、ということですか？」

　確かに、この中で保管庫の鍵を持っていないのは私一人。壊されていたのは保管庫の鍵だけだったのだから、怪《あや》しく思われても仕方ないのかもしれない。

「ティナ、正直に言え。エリクサーは、俺たちが時間をかけて開発してきたものなんだ」

「コックス室長、待ってください！　私は盗んでいません！　週末は本当に自宅にいたし、盗もうなんていう気も一度も起こしたことないですし、そもそも、盗んだところで私に何のメリットもないはずです！」

「新薬開発なんか、それこそ早い者勝ちの世界だ。完成間近のあの薬を他の研究所に流せば、労せずに大金を手にすることだってできるだろう」

「私はお金を手にすることより、研究がしたくてこの研究所に入ったんです！」

私は必死に訴《うった》えた。しかし、彼らの冷たい目は変わらない。

「そんな建前《たてまえ》、誰にだって言えることだ」

「……どうして？　どうして信じてくれないんですか？　私はこれまで誠実に仕事をしてきましたし、本当に、盗もうなんて思ったことすらありません！」

「ティナ、お前はバロウズ家の養子だそうだな」

なぜ今、そんな話を出すのか。しかも、私に正式に明かされたのはつい先日で、ヴィル博士にしか話していない。彼が広めるとも思えないのに、なぜ室長が知っているのか。

「お前がこの研究室に入ってくる数日前、密告があったんだ。ティナ・バロウズには気をつけろ、と。ティナ・バロウズはバロウズ家の長女だが、実際には養女である。手グセが悪く、これまでは家の力で問題をもみ消してきたが、庇《かば》いきれなくなってきたので、養親《ようしん》は養子縁組《えんぐみ》解消を考えている。本人もそれに気づき、今のうちに家名を使って一攫千金《いっかくせんきん》を目論《もくろ》んでいる。研究所への入所を希望しているのも、知的財産を盗むため。だから気をつけたほうがいい、と。わざわざ来所して詳細《しょうさい》に話してくださった」

「うそ……嘘《うそ》よ、そんなの出鱈目《でたらめ》よ！」

「密告者は信用に値《あたい》する人物だった。だから俺たちはその話を信じざるを得なかった」

「信用に値する人物？　誰ですか、それっ！」

「ヴィルヘルム博士にも報告したが、彼は『密告を信じる前にまず本人を見て判断を』とおっしゃり、採用を取り消しにはしなかった。やはりあの時博士が決断していれば、今こんな厄介《やっかい》なことにはならなかったのに――」

だから入所当初から、私だけ冷遇《れいぐう》されていたのか。半年以上経《た》ってようやく、合点《がてん》のいく回答が得られた。それと同時に心の中で怒《いか》りがフツフツと湧《わ》いてくる。

「コックス室長は、私の勤務態度を見てどう思われたんですか？　室長が目で見た私というのは、その『密告』通りでしたか？」

「新入り」ではなく名前で呼んでくれるようになった。管理を任される幻獣の数が増えた。共同研究も蚊帳《かや》の外《そと》ではなく、仲間に加えてくれた――。

あれらは全て、私を信頼《しんらい》してくれたからこその変化ではなかったのか。

「確かに、ここ半年間のお前の働きは悪くなかった。……信頼、したんだ。していたのに、まさか猫をかぶっていただけだったとはな……」

「……はあ？　猫を？　私は何も――」

そろそろ限界。理性をもって冷静に話し合いを進めたかったが、もう怒りを抑《おさ》えていられない。

「新入り、お前っ、いい加減にしろよ！」

ところが、私の爆発《ばくはつ》よりも早く、ルノーさんが怒号《どごう》を放った。

「おおお前から正直に告白してくれるのを待っていたのに、俺たちの情けを踏《ふ》みにじりやがって！　昨夜、俺は偶然《ぐうぜん》にも研究所の敷地内に迷い込んだ竜を見つけて麻酔銃《ますいじゅう》で眠らせたあと、白衣が汚《よご》れたからロッカーに替《か》えの白衣を取りに戻ったんだ。その時に、お前が一人で研究室に入っていくのを見たんだよ！」

「はあ？　私が？」

そんなはずはない。本当に、私は昨日、自宅で過ごしていたのだから。

「そうだ、お前だよ！」

「誰かと見間違《みまちが》えたのではないですか？　私は絶対に、昨日ここに来てはいません！」

「じゃあ、それを証明できるのか？」

「それは……」

昨日はひたすら家で惰眠《だみん》を貪《むさぼ》っていたから、朝から晩までずっと一人だった。だから、誰も私の現場不在証明をしてくれる人はいない。

「鍵を開けて入る時、周囲をキョロキョロと確かめるように警戒していて……その時俺はお前の顔を見たんだよ。確かに新入り、お前だった」

「違う、絶対に違う！　コックス室長、私じゃありません！」

いくら必死に訴えても、この場に味方は現れなかった。室長は力なく頭《かぶり》を振る。

「ティナ……一度は信じようとしたんだが。お前には失望した。もういい、今すぐ帰宅しろ。室長権限で無期限の謹慎《きんしん》とする。また博士と相談して、お前の処遇《しょぐう》を検討する」

「だから、私はっ——」

「見苦しいぞ、新入り」

私だけは分かっている。私は昨夜、誓《ちか》って研究所に来ていない。だからつまり、嘘をついているのはルノーさん。彼が竜を捕まえたという話だって、竜がいきなりこんな所に現れるなんて信じがたい。そして、この態度。ますますもって疑わしい。

しかし今の状況《じょうきょう》で、彼らが私の話を取り合ってくれるとは思えない。

「……失礼します」

私は一旦《いったん》引かざるを得なかった。


直属の上司であるコックス室長には確かに謹慎を言《い》い渡《わた》されたが、幸か不幸か人事権を持つヴィル博士は不在のままだ。だから私の進退《しんたい》も未定のまま。

家になんて帰らないし、謹慎も当然したりしない。ルノーさんが何を隠しているのか、あの竜はどうしてここに来たのか、私が絶対に暴いてやる！

そのためには、誰か。私の話を聞いてくれる、誰か——。

「ごっ、ごめんなさい！」

周りが見えなくなっていた私は、廊下《ろうか》の角を曲がった時、前方不注意で何か――誰か――に勢いよくぶつかってしまった。

咄嗟《とっさ》に謝罪したが、相手は私を知っていた。

「……ティナ？」

「ミミ！」

医務室勤務のミミだった。私はここで、彼女が情報通だったことを思い出す。

「ミミ、ちょっと話があるの！　教えて欲《ほ》しいの！」

「……なんなのよ？」

有無《うむ》を言わさず、私は彼女を引っ張っていった。手頃《てごろ》なスペースは見つからなかったが、給湯室ならあった。そこに無理やりミミを押し込む。

「どうしたのよ、ティナったら慌《あわ》てて」

「あのねミミ、昨日、ルノーさんが竜を捕獲したらしいんだけど、知ってる？」

「知らないわけないわ。これだけ話題になっているんだもの」

「じゃあついでに、博士の姿が見当たらないんだけど、ミミは知らない？」

「……はあ？」

ミミは笑った。

「婚約者のあなたが知らないのに、私が知ってるわけないじゃないの」

「ほら、医務室にはいろんな人が来るでしょう？　噂《うわさ》でもなんでもいいから、どこに行く予定だったとか……真偽は問わないから、とにかく耳にしてない？」

「しつこいわね、だから知らないってば。どうしてそんなに焦《あせ》っているの？」

私はしばし逡巡《しゅんじゅん》したが、結局ミミに正直に打ち明けることにした。

「あのね、私の研究室から、開発中の新薬が盗まれたみたいで、どうしてか私が疑われているの。もちろん盗むなんて真似、私はしてないわ」

ミミは眉間《みけん》にしわを寄せる。

「それと博士とどう関係があるのよ」

「竜を捕らえたのはルノーさん。昨夜研究室に忍《しの》び込《こ》む私を見たって嘘ついたのも、ルノーさん。だから、彼が何かを隠しているのは間違《まちが》いないと睨《にら》んでる。博士のことは……あまり関係がないのかもしれないけど……」

関係がないかもしれないし、あるかもしれない。分からないが、どちらにしろ会わなくては始まらない。

「放《ほ》っときなさいよ、盗みが濡《ぬ》れ衣《ぎぬ》だったとしても、テキトーに謝って頭下げて、研究の手伝いでもさせてもらえばいいじゃない。竜の研究よ、ずっと前から憧《あこが》れてたんでしょう？」

「それは違う。幻獣の命をむやみに奪《うば》ったり生態系を壊すような研究は、許されることではないはずよ。竜研究は私の夢には違いないけど、あの竜は絶対に解き放つべきだわ」

「綺麗事ばかり並べ立ててたら、研究者になんてなれないわよ」

「でも、だめなものはだめ。ここは絶対に譲《ゆず》れない」

逡巡したのち、深呼吸をして息を整え、私はミミに打ち明ける。

「私、以前あの竜に会ったことがあるの」

「……なんですって？」

ミミにこの話をするのは初めて。それもそうだ、これまでに竜のことを話した相手は、ヴィル博士だけだったから。兄さんにすら言っていない。

「信じてもらえないかもしれないけど……幼い頃、私、森の中で生きた竜に会ったことがあるの。あの竜にもう一度会いたいと思って、私は研究者の道を選んだ」

「その竜が、昨日捕獲された竜だったってこと？　だったら、再会できてよかったじゃない。何を悩む必要があるの？」

「私はこんな再会は望んでいない！　麻酔銃でせん妄状態にして、鎖で繋《つな》いで……あんな痛々しい姿を見るくらいなら、会えなくてもよかったのに！」

ミミが面倒《めんどう》くさそうにため息をつき、「我《わ》が儘《まま》ね」と吐《は》き捨《す》てた。我が儘でもいい。ミミに理解されなくてもしょうがない。でも。

「ヴィル博士なら、今の竜の状況を許さないわ。長い間竜の研究を担《にな》ってきた彼だからこそ、私のこの思いも理解してくれると思う。だから、博士を――」

プッと噴《ふ》き出《だ》す声が聞こえた。ミミだ。ミミが笑ったのだ。

「ティナ、あなたって本当に、ばかね」

「……ミミ？」

「あなたが博士の婚約者って本当？　その割には博士のこと全く何も知らないのね」

「それ、どういう――」

意味？

「私は教えないわよ。自分で調べなさいよね。……もういい？　いい加減、仕事に戻らなくちゃならないの」

ミミの態度と意味深《いみしん》な言葉に途方《とほう》に暮《く》れてしまった私は、どれくらいの間、そこで一人立《た》ち尽《つ》くしていたのだろうか。

博士のことを私は知らない？

彼の論文は全て読んだ。でも、年齢《ねんれい》も、誕生日も、血液型も好きな食べ物も知らない。

――確かにそうだ、何も知らない。

――だったら、知ろう。知らなくては。私には彼を知る必要がある。……きっと。

私は手始めに、研究棟最上階にある、所長室を訪《おとず》れた。

ノックをするも、当然ながら返事はない。なんとなくドアノブに手をかけた。もちろん期待していたわけではなかったが、回った。開いた。扉が、開いたのだ。

「ヴィル博士、失礼します……」

不在の旨《むね》は分かっていたが、なんとなく声をかけてから、恐《おそ》る恐《おそ》る入室する。

大きなソファとコーヒーテーブル、その奥《おく》に博士の執務机《しつむづくえ》。壁面《へきめん》には本がびっしり。博士のことを調べにきたが、何から手をつけていいのか、迷ってしまう。

そんな時、ふと思い出したのは、ルルイエ幻獣研究所史のことだった。

以前ミミに博士の年齢を訊《たず》ねた際、ルルイエ幻獣研究所創立以来のフロイデンベルク家の当主やその功績について、まとめられた資料があると言っていたような気がする。あれは、地下書庫の奥に保存されているという話だったが……。

地下書庫の奥といえばたしか、錠《じょう》が設けられていて、その鍵は唯一《ゆいいつ》ヴィル博士だけが保管しているという話だったはず。

「まずはそれを捜そう」

とりあえずの目標は、地下書庫への鍵。

長いソファを迂回《うかい》して、博士の執務机の前に立つ。再度周囲を確認してから、一番上の引き出しを開けた。

……これでは確実に泥棒《どろぼう》だ。コックス室長たちに盗みを疑われても無理はないな、と自《じ》嘲《ちょう》しながら、なおも私は引き出しを漁《あさ》る。

一段目、なし。

二段目、なし。

三段目も、なし。

全ての引き出しを確認したが、なかった。一体博士は、鍵をどこに隠しているのか。

……いや、鍵がないのなら、無理やりこじ開ければいい。

地下書庫は、研究棟ではなく博物館の地下に位置している。研究所の敷地《しきち》内にあり、万一実験の失敗などで建物が大きく破損するような事態が起こっても、二次被害《ひがい》が最小限で抑えられる場所。そんなところに造られている。

幸か不幸か、昨夜捕獲した竜のことで、研究所内全体が慌《あわ》ただしい。だから、私が大きなペンチと金切《かなきり》のこぎりを隠《かく》し持《も》ち、普段は誰も行かないような所を歩いていたとしても、気にとめる者はいなかった。

地下書庫自体は、鍵がなくとも入ることは可能だ。だが、私が見たいものは、その奥の奥にある、博士にしか入ることを許されない、博士の個人的な秘密の場所にある。

スイッチで明かりが点《つ》くようになっているが、老朽化《ろうきゅうか》が激しいため、小さな文字が読めるほどの明るさとは言いがたい。入り口付近に置いてあったランプを一つ手に取り、私は暗い階段をゆっくりと下った。

最新の書籍などは地上階の書庫に置いてあるため、地下書庫には需要の少ないものが追いやられるように移される。幻獣が出てくる寓話《ぐうわ》だとか、蛮族《ばんぞく》に伝わる幻獣に関するしきたりとか、どちらかというと科学的ではない、民俗学的《みんぞくがく》な本が並ぶ。

この量の文献《ぶんけん》を集めるのは、並大抵《なみたいてい》の情熱ではできなかったことだろう。資料の量がフロイデンベルク家累代《るいだい》の幻獣——竜——に対する興味関心の高さを物語っている気がする。

まもなく私は地下書庫の最深部、鍵の掛《か》かった扉の前にたどり着《つ》いた。

ここに来るのは初めてだ。差し当たって鎖やドアノブが切れるよう、役に立ちそうな工具を拝借《はいしゃく》してきたが、本当にこじ開けられるかは分からない。扉と一体型のダイヤル錠や、太く頑丈《がんじょう》なパドロックが複数個ついていた場合、太刀打《たちう》ちできないかもしれない。

持ってきたこの工具で事足りますように、と願いながら扉をランプで照らしたところ、扉は簡素な木製で、小ぶりな錠がつけられているだけだった。

「よかった、これなら私でも——」

開けられそう。そう呟《つぶや》く前に、私はある異変に気づいた。

錠もろともドアノブが壊れていたのだ。台座から今にも外れそうな状態である。私がここへ来るより前に、誰かが侵入したのだろう。なぜ、いつ、と疑問に思ったが、今は犯人探しよりもするべきことがある。

扉を押《お》せば、ほとんど力をかけずともいとも簡単に開いてしまった。油を注《さ》したり、金具の交換《こうかん》をしたり、メンテナンスを長年の間怠《おこた》っていたのだろう、蝶番《ちょうつがい》がキイイと不快な音を立てた。

埃《ほこり》っぽい個室の中に足を踏《ふ》み入《い》れる。壁《かべ》の付近を探《さぐ》ってみたが、明かりのスイッチらしきものは見つからない。しょうがないからランプの灯《あか》りをかざしてみる。

博士しか入ることを許されない空間は、相変わらず本で満たされていた。

部屋としては大した広さはない。私の背丈《せたけ》ほどの本棚《ほんだな》が左右の壁に三つずつ並び、中心には四人掛《が》けのダイニングテーブルくらいの大きさの机が置いてある。これでいっぱいになる程度だ。

部屋の容積に比べると、収められた本や資料が多すぎる。本棚に並びきらなかったものは、天板や机の上にうず高く積まれ、白くなるほど埃をかぶっていた。

一番上に置かれた本をそっと手に取ってみると、不安定な山は崩《くず》れ、数冊が音を立てて落ちてしまった。途端《とたん》に舞《ま》い上《あ》がる埃と、つられて飛び出る荒い咳《せき》。

もしもこれらが歴史的・学術的に価値のある本だったとしたら、今の衝撃でいくらか傷《いた》み、下落《げらく》してしまったかもしれない。ランプを床《ゆか》の上に置いて、一冊一冊拾い上げ、破れや折れが発生していないか、ざっと確認してから戻す。

「博士……もう少し、丁寧《ていねい》に片付けておいてくださいよ……」

片付けもだが、こんなに山盛りになる前に、部屋を拡張《かくちょう》すればよかったのに。

本の山を倒さないよう細心の注意を払《はら》いながら、私は本棚を探っていった。

「あら、これは……」

本棚の一段をまるまる使って置かれているものは、書籍ではなく研究日誌のようだった。背表紙にはいつからいつまでの記録なのかが記してある。ルルイエ幻獣研究所開所の年のものから、ずっと。一年も途切《とぎ》れずに置いてあった。

その一部に、惹《ひ》きつけられるように私は手を伸ばした。今から十九年前のもの。竜を捕らえた年のものだ。

手に取ると、緊張《きんちょう》に震《ふる》える指を落ち着け、私はページを捲《めく》った。

――六五八年　四月一日
一頭の成体の竜に接触《せっしょく》。赤褐色《せっかっしょく》の鱗、全長約十五メートル。六の質問を試行、四の回答を得る。
一　名前　…グライシス
二　出身地　…東の孤島《ことう》
三　年齢　…一〇〇〇超《ちょう》、詳細不詳《ふしょう》
四　配偶者　…有り

五　四の名前　…未回答
六　子の有無　…未回答

――六五八年　四月六日
当研究所所員が、竜「グライシス」に接触、麻酔銃（エトルプヒネ五〇ミリグラム）使用により捕獲。緊急措置《きんきゅうそち》として、第三実験室に収容。
搬送時《はんそうじ》意識なし、のち四時間後、清明《せいめい》。食事及《およ》び飲み物を与えるが、拒否《きょひ》。
数カ所鱗の損傷があるものの、健康状態は良好。

竜を捕らえた当時のことは、いくつもの論文や報告となり世に出回っている。私も書籍を何冊もひもといたが、目の前の研究日誌は生々しく、これまでに読んだどの資料よりも克明《こくめい》に記録してあった。冒頭《ぼうとう》の竜の名前にしても、そもそも言葉による対話をしたなど、どの記録でも――ヴィル博士の著書でさえも――見たことがなかった。どういう理由か知らないが、公表されていないことだ。
博士も竜と会話をしたことがあったみたいだ。だから私の昔話を、疑うことなく聞いてくれたのか。

淡々《たんたん》と書き記されたそれらを、私は食い入るように目で追った。
……しかし捕獲から二カ月と経たず、内容に変化が訪れる。

――六五八年　六月十一日
グライシスの野生復帰《やせいふっき》について、賛同が得られず。研究所内施設では健康状態を保ちながらの飼育が不可能であることを分かっていながら、死亡まで管理し、のち病理解剖《びょうりかいぼう》に回すべきとの意見多数。
健康状態は不良、低栄養状態。研究者としての立場を通すべきか、同胞《どうほう》を守るべきか。

竜「グライシス」は、死後、研究対象として解体され、今日《こんにち》の幻獣研究のエポックメーキングとなった。そして骨は骨格標本として、今も博物館に展示されている。
博士もそのデータを基《もと》に、たくさんの論文を発表した。けれど、この日誌から、苦悩《くのう》していた様子が伝わってくる。博士は、あの竜を野生に戻そうとしていた？　研究は、望んでいたことではなかったということ？　そもそも、「同胞」とは……？

――六五八年　六月二七日
午前三時二二分、グライシス死亡。

最期まで「番に会いたい」と訴えるも、叶えること能《あた》わず。どれだけ寂《さび》しかったことだろう。

午前八時から剖検《ぼうけん》開始、執刀《しっとう》を担当。夏が近く腐敗《ふはい》が進行する前に作業を終えるため、夜通し行ったところ、翌々日の正午に作業終了《しゅうりょう》。

私はなんのために竜の研究をしているのだろうか。


ヴィル博士も、フロイデンベルク家の一員らしく竜の研究を専門としていた。それは「竜」という、未知の幻獣に対する知的好奇心によるものだと私は思っていた。

しかし、現実は違っていたのかもしれない。もしくは、研究を進めるごとに、なんらかの迷いが生じていったのか。

ぎゅうぎゅうに詰《つ》められ、絶妙《ぜつみょう》なバランスを保っていた本の列が、私が一冊引《ひ》き抜《ぬ》いたことで均衡《きんこう》を崩してしまったのだろう、またしても数冊が雪崩《なだれ》のように落ちてきた。今度はさっきよりも酷《ひど》く、小さい山ができてしまった。

「あちゃ～……」

その山の中、偶然開かれたページに、私はあるものを発見する。

「あれ、この写真、ヴィル博士だ」

まっすぐ前を向き、神妙《しんみょう》な面持《おもも》ちで立つ男性の写真。おそらく、これがルルイエ幻獣研究所史なのだろう。そして、創立者の系譜《けいふ》について書かれたページが偶然にも開かれたのだ。

長くまっすぐな髪《かみ》、きりっと上がった眉《まゆ》、綺麗な二重《ふたえ》の瞳《ひとみ》に、筋の通った鼻。紛れもなくヴィル博士だ。

「博士ったら、写真に撮《と》られるのは嫌《きら》いって聞いていたのに、ちゃっかり――」

写真のすぐ下には、名前と生没年《せいぼつねん》が書かれていた。名前は「ヴァイオス・フロイデンベルク」、生没年は「五八八年～六五一年」とある。つまり、これはヴィル博士ではない。

博士の……お父さん？

そもそも、本の傷み具合からして、ごく最近に編纂《へんさん》されたとは考えられない。

私は前のページをめくった。数枚に渡《わた》り、発表した論文やその生涯《しょうがい》について簡潔に書かれたあと、再び顔写真が載《の》っていた。名前は「フォルカー・フロイデンベルク」。やはり博士と瓜二《うりふた》つ。その前も、前の前も現当主のヴィル博士と同一人物ではないかというくらい、そっくりの顔貌《がんぼう》の写真あるいは肖像画《しょうぞうが》が載っていた。

「す、すごい……服を変えただけの同一人物みたい……」

はっとして、私は古い研究日誌を引っ張り出した。五十年前、百年前、そして二百年前のもの。

パズルのピースが嵌《は》まるように。

割れたガラスが、再び一枚のガラスに戻るように。

頭の中で、いろんな言葉、いろんな出来事が甦《よみがえ》った。

アルコールもレーズンもチョコレートも、食べられないと言ったこと。

やたらと竜の生態に詳《くわ》しかったこと。

冗談《じょうだん》だとは言っていたが、実は自分は竜なのだと告げたこと。

研究所史にある歴代所長がすべて同じ顔であること。

そして、昨日、エリクサーが盗まれて、博士がどこにもいないこと。

ここに遺《のこ》されている研究日誌の筆跡《ひっせき》は、研究所創立当初のものから全て同じだった。文頭の「M」や「N」の字がとりわけ大きいのも、「V」の字が鋭《するど》く丸みがないのも、スペル最後の「r」をやたら伸ばして書くのも、私には見覚えがある。ヴィル博士の文字の癖《くせ》だ。

ヴィル博士は、竜だ。あの時、私が子どもの頃、森で出会った竜だ。そして今、第三実験室に囚《とら》われている竜なのだ！

番の話も擬態《ぎたい》の話も、論文では見かけたことなどなかったけれど、博士自身のことなら彼が知っているのも当然。摂取禁忌《せっしゅきんき》な食べ物があるのも、博士が人間よりも動物に近い幻獣である証拠《しょうこ》だろうし、研究所史の歴代所長の顔が同じなのも、研究日誌の筆跡が同じなのも、博士の正体が不老不死といわれている竜ならば全て辻褄《つじつま》が合ってしまう。

研究所に竜が迷い込んだ、とルノーさんは言っていたが、正確には研究所内のどこかに博士を呼び出して、開発中の新薬エリクサーを使ったのだ。あれは幻獣の擬態を強制的に解除する薬だから、その作用で博士は竜の姿に戻ってしまった。

そして、睡眠薬を大量に投与され、捕らえられてしまったのだ。

「た、助けなきゃ！」

鳥肌《とりはだ》が立った。足が震えた。

でも、決意だけは固かった。

9 謎解きの時間

「え？　ミミ？　少し前に帰ったよ？」

博士のこと何も知らないのね、と私に言い放ったのはミミだ。彼女《かのじょ》の言う通り、私は博士のことを何も知らなかった。

彼《かれ》こそがルルイエ幻獣《げんじゅう》研究所の創立者であり、今も名を変えた所長であり、竜《りゅう》研究における第一人者であり、そして彼自身が、竜であることを。

博士の正体を知った今、私の中には新たな疑問が沸《わ》き起《お》こっている。

ミミは、博士のことを知っていた？

いつ、どうやって、何をきっかけに知った？

もしかして、今回の捕獲《ほかく》にミミも関与《かんよ》している？

調べ物をしている間に退所の時間となってしまったので、私は大急ぎで医務室を訪《おとず》れた。

しかし、残念ながら医務室はすでに施錠《せじょう》されたあとだった。

研究所の門衛《もんえい》さんに確認《かくにん》すると、つい先ほどミミは施設《しせつ》から出て行ったとのこと。幸いにも私の部屋は、ミミの部屋と隣同士《となりどうし》。帰宅の途上《とじょう》でミミを捜せば見つけられるかもしれないし、どちらにしろアパートの前で待ち伏《ぶ》せすればいいことだ。

ミミは寄り道しなかったらしく、走る私は部屋の前でミミに追いついた。彼女は鍵《かぎ》を開けて扉《とびら》を開き、中に入る直前だった。

突然《とつぜん》手首をつかんだので、ミミに驚《おどろ》かれてしまったが、今は気にしていられない。

「……ティナ？　やめてよ、変質者《へんしつしゃ》かと思ったじゃない！」

「ごめんっちょっと、ミミに、話がっ……」

走ってきたせいで、息が上がって思うように喋《しゃべ》れない。

「話？　私は別にないのだけど」

「いいから！」

ちょっと迷惑《めいわく》そうな顔は見なかったことにして、私は無理やりミミごと玄関に押し入った。もちろん、ミミの部屋だけど。

「博士のこと、私も調べた。……それで、見つけたの」

もしも私の思《おも》い違《ちが》いで、博士が竜だとミミが知らなかったら。

念のため、何を見つけたかについて、私の口からの明言《めいげん》は避《さ》けた。

「あら、そう。じゃあティナも博士の正体が竜だって分かったわけね？」

他人の口からそのことを聞かされると、必要以上にドキッとする。それと同時に、やはりミミは私より先に知っていたのだと確信した。

「ほんと、騙《だま》されちゃったわね。ティナから擬《ぎ》態《たい》する幻獣の話やヴィルヘルム博士が言ったっていう冗談を聞いていなかったら、彼が竜だなんてちっとも疑わなかったかもしれない。あの新薬も、開発途中《とちゆう》って言う割にはしっかり効果があるじゃない」

「え……？」

確かに、擬態する幻獣の話も諸々《もろもろ》も、私が以前ミミにチラッと話したものだ。

「でも、ティナ、あなたもずいぶんかわいそう。あんなに好きだった博士がまさか竜だったなんて。しかも、研究所創立者でしょう？　自称《じしょう》三十五歳《さい》だなんて、サバを読むにも程《ほど》があるわ。騙されてさぞ悔《くや》しいだろうとは察するけど、いいじゃない、代わりに竜が手に入ったのだから。これからその悔しさを、思う存分研究にぶつければいいのよ」

研究所創立者？　さすがにそこまで知るには、あの研究所史を見るしか――

「もしかして、ミミ、地下書庫の鍵を壊《こわ》したのは、あなた？」

「ええそうよ。鍵は壊したままにしたから、ティナも侵入《しんにゆう》しやすかったでしょう？」

金髪《きんぱつ》を手櫛《てぐし》で背に追いやりながら、悪びれもせずミミは白状した。

ミミのやや吊《つ》り上《あ》がった目と薄《うす》い唇《くちびる》は、学生時代から「氷の美女《びじよ》」と揶揄《やゆ》されていたくらい、冷たい印象を与《あた》える。けれど、話してみると気さくだし、サバサバしているし、笑えばとてもチャーミング。

そう思っていたのもここまでだ。今日に限っては、ミミの態度に親しみなんて一切《いっさい》感じることができない。たとえ彼女が笑っていても。

「もう一つ……エリクサーを盗《ぬす》んだのも、あなた？」

「ええ、そうよ。ルノーに研究室の鍵を開けさせたの。ただ、保管庫の鍵まで開けちゃったら、ルノーが疑われちゃうでしょう？　だから、保管庫は壊して無理やりこじ開けさせたのよ」

悪気なく饒舌《じょうぜつ》に話すミミが、私はにわかに信じられなかった。

「それにしてもあの男、とっても御《ぎょ》しやすかったわ。在籍《ざいせき》期間は長いのに、うだつが上がらないじゃない？　それどころか、ずいぶんあとから入ったあなたはいくら虐《いじ》めてもへこたれず、博士に可愛《かわい》がられちゃって。ルノーにとっていい気はしなかったでしょうね。そこであいつを唆《そそのか》したの。竜を捕《つか》まえたら、誰《だれ》もがあなたをチヤホヤするようになるでしょう、論文も派手なものが書けるでしょう、って。……簡単だった。博士はやっぱり竜だったし、これ以上の収穫はないわね」

「どうして？　……どうしてミミが、そんなことを？」

不法侵入に器物損壊《きぶつそんかい》……バレたら免職《めんしょく》だってありうるのに。ミミにそこまでする理由があるとは思えなかった。

「私の行動の全ては、愛するフレッドに繋《つな》がっているの」

「兄さん……？」

どうして今、ミミの口から兄さんの名が出てくるのか。

「ティナ、私に隠《かく》し事《ごと》をしていたでしょう。フレッドから求婚《きゅうこん》されたこと」

「そ、それは――」

「どうして黙《だま》っていたの？」

話せなかった。兄さんから求婚されたなどと、兄さんを好きなミミに相談できるわけがなかった。ミミを傷つけたくなかったのだ。

今、私は睨《にら》まれている。……辛《つら》いが、その視線をはねのける言葉も思いつかない。

「ま、あんたがフレッドを振《ふ》ったから、私は彼を慰《なぐさ》めることができたんだけどね」

「……私のこと、怒《おこ》ってる？」

は？　とミミが冷たく嘲笑《あざわら》う。

「別に怒ってないわよ。フレッドが妹のことを必要以上に気にかけるのも、彼の面倒見《めんどうみ》の良さゆえなのだし、あの博士をなんとかして欲《ほ》しいっていう、フレッドの頼《たの》みを聞いてあげることもできたし」

「兄さんが？　博士をなんとかして欲しいって……どういうこと？」

博士は私の婚約者《こんやくしゃ》だと、兄さんに言ってしまったからだろうか。そのせいで、私が博士をゴタゴタに巻《ま》き込《こ》んでしまったのだろうか。

だとしても、もう起こってしまったことはどうしようもない。解決するしかないのだ。

「ねえ、ミミ！　私、博士を助けたいの！　なんとかあそこから逃《に》がしてあげたいの！」

「もう無理よ。首輪、足枷《あしかせ》、あとは麻酔銃《ますいじゅう》？　とにかく厳重に捕《と》らえられているんだから。そのうち意識も回復するでしょうけど、研究所全体が竜を監視《かんし》しているし、諦《あきら》めるしかないんじゃない？」

「だからって、このまま見殺しにはできない！　ねえ、ミミ――」

私は必死にミミの腕《うで》に縋《すが》りついた。しかし、触《ふ》れた瞬間《しゅんかん》、バチッと静電気でも起こったかのように、ミミによって弾《はじ》かれた。

「触《さわ》らないで！」

「……ミミ？」

「貰《もら》い子《こ》の分際《ぶんざい》で、図々《ずうずう》しいのよ！」

貰い子。私がバロウズ家の養子であることを、ミミは指《さ》しているのだろう。

「フレッドの本当の妹だと思っていたからこそ、これまで仲よくしてあげていたのに、実は養子だったたって？　赤の他人のくせにフレッドと同じ暮らしをして、フレッドの視界に入って、フレッドの庇護《ひご》を受けていたの？　恥知《はじし》らずにも程《ほど》があるわ！」

イヤ。やめて、違《ちが》う。私の親友は、もっと優《やさ》しい子だったはず。

「ミミ？　あなた、そんなことを言う子じゃなかったよね？　そんな顔をする子じゃなかったよね？　もっと優しくて、頭が良くて、親切で――」

「あんたを見てると、苛《いら》つくのよ！　大した苦労もせずにフレッドに守られて、研究職の夢を手にして、憧《あこが》れてた博士と婚約して、おまけに彼からも求婚されて⁉　ふざけないでよ、この強欲《ごうよく》！　なに舐《な》めた人生送ろうとしてんのよ！　私がどれだけフレッドに好かれる努力をしたか分かる？　長い髪《かみ》も、それをわざわざ金色に染めたのも、服装も、アイシャドウの色も全て、フレッドの好みの女性になるためよ？　まっすぐなロングヘアーが好き、淡《あわ》い色の髪が好きだと聞いたから、少しでも彼に好かれるためにできることは全部頑《がん》張《ば》ったのよ！　……なのにどうして、私を差し置いてあんたなんかが好かれるのよ！　あんたなんかフレッドの好みと正反対じゃないの！　どうやって私の彼に迫《せま》っ――」

熱くなるミミが私にまくし立てている最中、ドアノッカーが控《ひか》えめに叩《たた》かれた。

「ミミ？　そこにティナもいるのかい？」

声とともに玄関扉《げんかんとびら》が開いた。現れたのは、まさかの私の兄だった。

「兄さん！」

「フレッド！」

私を肘《ひじ》で壁《かべ》に突き飛ばし、ミミが兄さんの腕の中に飛び込んでいった。

「フレッド、やだ、来るなら来るってそう言ってくれればよかったのに」

ミミの声は、さっきまで私を罵《ば》倒《とう》していた時とは違い、鼻から抜《ぬ》けるような、甘《あま》えたものに変わっている。

「すまない、二人の声が聞こえたもので。……何かあった？」

「ううん、なんでもないわ。ただ、ちょっと職場でトラブルがあったから、その話をしていただけ」

「そうか」

ミミの部屋と私の部屋が、同じアパートの隣同士なのは、一人暮らしをするにあたり両親から出された条件が、「同性の友人と職場近くの部屋を借りること」だったためだ。

高級でも頑丈《がんじょう》な造りの部屋でもないため、扉の近くで大きな声を出していれば、きっと外にも漏《も》れるだろう。だから兄さんも声を聞きつけ、今こうして入ってきたのだと思われる――私とミミのどちらを訪ねてやってきたのかは、正直なところ不明だ――。

今しがた、肘をぶつけられた肋骨《ろっこつ》が痛い。

「ねぇフレッド、今夜はずっと一緒《いっしょ》にいられる？　もし良かったら、泊《と》まって――」

「ティナ」

ミミの話を遮《さえぎ》って、兄さんが私の名を呼んだ。ミミに抱《だ》きつかれたままだが、その目は私を捕捉《ほそく》している。

「ティナ、今さっき君の職場に行って、辞表《じひょう》を提出してきたよ」

「……はい？」

「だからもうあそこへ君が行く必要はないんだ。今すぐ荷物をまとめて、家に帰ろう」

「待って兄さん……私、仕事を辞《や》めるなんて話、一言もしてないわ」

「母さんがウェディングドレスを作りに行くのを楽しみにしてるんだよ。さあ」

そう言って、兄さんは私を扉へと促《うなが》す。

「ちょ、ちょっと、ちょっと待ってフレッド。ウェディングドレス？　誰の？　誰と誰の結婚《けっこん》の？」

質問したのはミミなのに、兄さんの視線は私に固定されている。

「僕《ぼく》とティナの結婚式のものに決まっているじゃないか。ティナだけが着る、ティナだけのドレスを作るんだ」

頭から水をかけられたように、ミミは絶句して立ち尽くす。私だって似たような状態だ。……ああ、何から正していけばいいのか分からない。

「だ、だから兄さん、私は兄さんとは結婚しないし、仕事だって辞める気は――」

「ティナ。もういじめに耐《た》える必要はないんだ。僕だけは君を助けてあげられるから」

背中を冷《ひ》や汗《あせ》が伝う。胃がキュウウと萎縮《いしゅく》して、不快感を訴《うった》えてくる。

どう言えば、どうすれば、何をしたらこの人は「私」を見てくれる？

「ティナは何もできないけど、できないなりの存在意義は、僕がちゃんと与えてあげる。だから君が困るようなことはない」

きっと兄さんは私を求めているのではなく、兄さんが考える「理想の家族」の空《あ》いている席に、無理やり私を座《すわ》らせようとしているのだ。だからいつも「変わりたい」と願う私を「何もできない」「変われない」と否定して、自分の支配下に置こうとする。

「フレッド？　あの……私のことは？　『愛してる』って、だから私、あなたに――」

兄さんは、己《おのれ》にすがりつくミミを一瞥《いちべつ》すらしなかった。無視したのだ。

「ティナの働く研究所が、奇跡的《きせきてき》に竜を捕獲したんだって？　でも、どうせティナは下働きで、噂通《うわさどお》りの厄介者《やっかいもの》でしかないんだから、研究なんかに携《たずさ》われるわけがない。だったら、辞めたっていいじゃないか」

「……噂？　噂って、何よ」

なんだかとても嫌《いや》な予感がする。

「あれ、伝わってなかった？　君が働き始める数日前に、君の上司となる男に伝えておいたんだ。ティナ・バロウズは手グセがたいへん悪いから注意しろってね。知的財産も平気で盗んで換金《かんきん》しようとするだろうから、気をつけた方がいい、って」

新薬の盗難騒《とうなんさわ》ぎが起こり、犯人に仕立て上げられた時、コックス室長が密告があったと言っていた。まさか、あれは、兄さんの仕業だったということ……？

「私が養子で、家族みんなが手を焼いているって……そういう作り話をしたの？」

「したよ。君のためだ。女性の社会進出が増えてきたとはいえ、ティナの幸せは、僕の庇護下で僕の好み通りの従順な女性として生きることなんだから」

兄さんがあっさり白状した。悪びれもしないその態度に、私は今にも倒《たお》れそうだ。

「……どうしてそれを、どうして私の幸せを、私じゃなくて兄さんが決めるのよ」

「どうして？　当然のことだよ、僕が決めなければ君は幸せになれないのだから」

そう言って笑う兄さんは、狂気《きょうき》に満ちているとしか思えなかった。

「三カ月で耐えきれず辞めて帰ってくると思っていたのに、こんなにも続いたのは正直想定外だった。おまけに所長と婚約？　どうせ待遇《たいぐう》改善でもちらつかせて、向こうが迫《せま》ったんだろう。だったら、僕はなおさら君を救う必要があるじゃないか」

この人を説得する。……私にできる？

いや、無理だ。何を言っても伝わる気がしない。

「嘘《うそ》よ……フレッド、嘘でしょう？」

ミミは兄さんに抱きついたままだった。両手で兄さんの二《に》の腕《うで》をつかみ、ガクガクと揺《ゆ》さぶろうとしている。けれど、手に力が入らないのか、兄さんには全く効果がなかった。

「どうしてティナなんかにこだわるの？　私は髪も服も化粧《けしょう》もしぐさも、全てあなた好みに変えたのよ？　大人しくて、煩《うるさ》くなくて、奥《おく》ゆかしい女性が好きだって言ってたじゃない！　ティナなんてまるで正反対！　ねえお願いよ、私が一番だと言って！」

「あはは、冗談《じょうだん》きついなぁミミは」

もう兄さんが、人間以外の生き物にしか見えない。

「ティナは、将来僕の結婚相手とするために、僕が両親に言って養子にして引き取らせたんだよ。そのティナを、みすみす手放すとでも？　幼い頃《ころ》は僕以外の子どもと遊べないよう、食事に洗剤《せんざい》を混ぜてわざと寝込ませたし、僕好みの女性になるよう、僕なしでは生きられなくなるようにずっと躾《しつ》けてきたんだよ。……まあ、彼女の生みの親の血なのかなんなのか、ある日急に竜の研究がしたいなんて言い出した時は驚いたけどね」

両親の血？　兄さんは私の実の親を知っているのだろうか？

その前に、……食事に洗剤を混ぜていた？　私が病弱だったのは生まれつきなんかじゃなくて、兄さんに仕組まれていたということ？　一歩間違《まちが》えば、私は兄に、命を――

初めて明かされる驚きの事実に私は大きな衝撃《しょうげき》を受けたが、同時にミミも衝撃を受けていた。信じられない、と頭《かぶり》を振り、震《ふる》える声で彼女は叫《さけ》ぶ。

「フレッド、ねえ、嘘だと言ってよ！　私は初めてをあなたに捧《ささ》げたのよ！　それからだって何度も――」

「それは君が勝手にしたことだろう？　一度だって、僕から君に求めたことがある？」

「私……私なら、あなたに殺されてもいい！　食事に洗剤を混ぜられたって、私なら喜んで食べきるわ！」

「ええ？　どうしてそんな面倒《めんどう》くさいことを、僕が君ごときにしなきゃならないんだ？」

兄さんは顔を歪《ゆが》ませた。心底不快そうな表情だ。彼をつかんでいたミミの腕が、緩慢《かんまん》にだらりと垂れ下がる。その表情は私の位置からは見えなかったが、力なくその場にへたり込み、動かなくなってしまった。時折ポタリと涙《なみだ》がスカートに落ちる音も聞こえてくる。

さっきまでミミに罵倒《ばとう》されていた私でさえ、彼女の心情には同情を禁《きん》じ得ない。人を人とも思っていない兄さんの一面。「結婚前に最低男だと分かって良かったじゃない」と慰《なぐさ》めたいが、それはきっと、ミミが心の整理をつけてからになるだろう。そもそも、慰めを受け入れてもらえるような関係に戻《もど》れるのか、という危惧《きぐ》もあるけれど。

「ティナ、君を少し驚かせてしまったかもしれないけど、僕は元々こういう人間だよ。ティナの幸せが僕の幸せだし、それ以外にはとんと興味が持てないんだ」

私の幸せ？　……違う。兄さんの言う「ティナの幸せ」は、私自身が考える「私の幸せ」とどこまでも乖離《かいり》してしまっている。

「兄さんは間違っているわ。兄さんは私を自分の思い通りにしたいだけ」

「それの何が悪い？　ティナも僕に従えば、楽な暮らしを享受《きようじゆ》できるんだよ？」

「楽な暮らしって何？　経済的に裕福《ゆうふく》なこと？　何も考えないこと？　……私はそんなのごめんだわ、かごの中の鳥になんてなりたくない。自分にできることを自分で見つけて考えて、辛いことがあっても、それを乗《の》り越《こ》える強さを身につけたい」

「ティナには無理だよ」

「いいえ、できるわ！」

私はゆっくり頭《かぶり》を振った。もう惑《まど》わされない。

兄さん、私は覚悟《かくご》を決めたのよ。

「私は無力じゃない。考える頭も、歩く足も、何かを生み出す手もあるもの。これのどこが無力だというの？　私から自由を奪《うば》おうとしているのは兄さんよ。私はそんなの望んでいない」

彼は反論も嘲笑《ちょうしょう》もしなかった。けれど、認めてくれているわけでもない。

「兄さん、これ以上私に依存《いぞん》するのはやめて」

「……依存？　僕が、ティナに？」

彼の瞳《ひとみ》が少しだけ揺れた。この隙《すき》に、一歩二歩、と部屋の奥へ後ずさる。

「よく考えて。私は兄さんがいなくても幸せになれるし、兄さんだって私がいなくても幸せになれるはずだわ。別々の道を選択《せんたく》するのが、私たちには最良なのよ」

「ティナ？　それはどういう――」

外へと繋がる扉の前は兄さんとミミが占領《せんりょう》している。だから私は部屋の奥に駆《か》け込《こ》んで、窓を開けて身を乗り出した。三階だが、窓枠を足がかりにすれば下りられない高さではない。

迷いはなかった。私はもう、決めたのだから。

10

絶対に諦めない！

竜《りゅう》——ヴィル博士——は、絶対にこの私が助ける。

その日の夜半、竜捕獲《ほかく》の興奮冷めやらぬ中だったのが幸いし、門衛《もんえい》さんに疑われることなく私はすんなりと施設《しせつ》内に侵入《しんにゅう》できた。兄さんが私の辞表《じひょう》を誰《だれ》に出したのか知らないが、所長が不在の今、きっと受け取った人も扱《あつか》いに困っていることだろう。

私はそれから幻獣《げんじゅう》管理棟《かんりとう》へと向かった。

私に謹慎《きんしん》を言《い》い渡《わた》したコックス室長も、鍵《かぎ》を取り上げなかったあたり、甘《あま》いと言わざるを得ない。いや、むしろ「持っている全ての鍵を渡《わた》せ」と言われる前に逃《に》げた私を褒《ほ》めてあげたほうがいいかもしれない。

これから私がしようとしていることは、研究者として、この研究所の一員としてあるまじき行為《こうい》だ。組織の和を乱すどころか、多大なる損失をもたらす行為なのだから。

だが、そうでもしなければこの状況《じょうきょう》で博士を助け出すことなどできない。少なくとも、これ以外の方法が今の私には思いつけなかった。

「起きてる？　……ねえ、みんな。お願いがあるの」

私は自分が担当していた第三級幻獣茸妖精《エサースロン》の檻《おり》の前にやってきた。

時間は深夜二時。密生《みっせい》した植物の陰《かげ》から、数個の目が光るのが見えた。

「お願い、力を貸して欲《ほ》しいの！　あなたたちも知っているでしょうけど、今、この施設内で竜が捕《と》らえられていて……このまま放っておけば、殺されてしまう。だから、あの竜をここから逃がす手伝いをして欲しいの」

エサースロンは妖精《ようせい》の一種で、家事や仕事などの頼《たの》み事を聞きつけ、コッソリ手伝ってくれる心優《やさ》しい幻獣だ。幻獣の王とされている竜を救出する手伝いならば、きっと彼《かれ》らも手を貸してくれるはず。

私の思惑《おもわく》通り、彼らは恐《おそ》る恐《おそ》るではあるが、次々と草陰から姿を現してくれた。手のひらサイズの小さな体。長い耳と、猫《ねこ》のような顔、後《うし》ろ肢《あし》。研究所内で飼育しているエサースロンは、もう何年もの間誰にも何も頼まれていない。もしかしたら「頼まれ事」に飢《う》えていたのかもしれない。

「応《こた》えてくれてありがとう」

ポケットから鍵を取り出し、私は檻の鍵を開けた。ちなみに、エサースロンは「解錠《かいじょう》」を最も得意とするため、彼らを管理する檻の鍵は特殊仕様《とくしゅしよう》となっている。

小さな扉《とびら》を引き、彼らが出やすいようにしてやる。そして、数歩下がって私は待った。

彼らは私の顔色を窺《うかが》うようにしながら、ゆっくり扉から出てきてくれた。

ここに捕らえられてから、外に出る機会などなかったのだろう。肢の爪《つめ》が木の床《ゆか》に当たってカチャカチャと音が立つ様子を、不思議そうに見つめている。

「ありがとう。私があなたたちに頼みたいことは――」


私はエサースロンを引き連れて、幻獣管理棟を回った。彼らにいくつかの幻獣の檻を開けてもらい、彼らを施設内に解き放つ。それが私のやりたかったことの一つ。

まもなく、あたりに警報が鳴《な》り響《ひび》いた。解き放った幻獣の一部が、所員に見つかったのだろう。私は二匹《ひき》の催眠蛇《アスプ》――外敵を眠《ねむ》らせることのできる蛇《へび》――を腕《うで》に、混乱する廊下《ろうか》を駆《か》けた。

深夜、研究所も静まり返る時間帯。しかし、竜の捕獲からまだ間がなく、いつにも増して人が多い――もちろん、日中よりかは少ないけれど――。この状況で博士を助けようと思ったら、幻獣を逃がしその混乱に乗じるしか方法はない。私はそう判断した。

明かりを落とし、非常灯《ひじょうとう》だけがぼんやり足元を照らす中を、私は必死に走《はし》り抜《ぬ》ける。

「このサイレン、何が起こっ――」

途中、出くわした所員らは一様《いちよう》に、私が抱《だ》いたアスプを見た瞬間、くずおれるように眠りに落ちていった。あっという間だったから、彼らは私に会ったことも覚えていないだろう。この工作のため、私はアスプを連れているのだ。

その後も何人もの所員と遭遇《そうぐう》したが、彼らはなす術もなく私とアスプに眠らされた。

私の足元には、十数頭のエサースロン。私の求めに応じ、ついてきてくれたのだ。だが、幻獣管理棟で飼育していた数よりも、今は明らかに増えている。

この近辺から集まってきたとしか考えられないが、人が暮らす市街地のどこに隠《かく》れて生活していたのだろうか。ここは幻獣の研究施設だというのに平気でやってくるあたり、警《けい》戒心《かいしん》も薄《うす》いように思えてならない。もしかしたら、エサースロンには檻なんて関係ないのかもしれない。捕らえて飼育している気になっているのは人間だけで、彼らは彼らの意思で、研究所内にとどまってくれているのではないだろうか。

幻獣の中にはとびきり長い寿命《じゅみょう》を有《ゆう》するものがいる。ここにも、研究所創立当初から飼育している幻獣だっているのだ。

長い年月と莫大《ばくだい》な資金を投入して集められた幻獣。研究所の「財産」とも呼べるそれを、私は今、理解したうえで放《はな》している。しかし私には他の方法が思いつかなかったのだ。博士を助けるためには必要な対価だと考えるしかない。

けたたましい警報が鳴り響く中、私はついに竜——ヴィル博士——が捕らえられている実験棟、第三実験室の前にたどり着いた。

いよいよだ、と入室前に息を整えていたところ、ちょうど扉がバン、と開いてルノーさんが現れた。

「お前……新入り？　謹慎はどうし……うわあっ、アアアアスプ!?」

元々アスプはルノーさんが担当していたので、彼もその能力を熟知している。だから私とアスプを警戒してか、眠らされまいと固く目を瞑《つぶ》った。

「コックス室長から謹慎処分を受けていただろう！　どうして――」

「嘘《うそ》つき」

「は、はあ？　俺《おれ》が、嘘つき？　なんの証拠《しょうこ》をもって俺が嘘つきだと侮辱《ぶじょく》するんだよ」

「私は、あの薬を盗《ぬす》んでいない。それを一番よく知っているのはルノーさん、あなたのはずです。あなたの虚言《きょげん》のせいで、私は陥《おとしい》れられた」

ルノーさんは、アスプを見ないように、ずっと目を閉じている。

今の状態がどれだけ自分に不利なのか、彼もきっと分かっているはず。しかし、目を開いてもアスプが待ち構えているのだから、他に方法がないのだろう。

「きょ、虚言でもなんでも、信じてもらえたら虚言じゃなくなるんだよ！」

「その姿勢、絶対におかしい！　研究者たるもの、捏造《ねつぞう》は当然のことながら、嘘にも敏感《びんかん》になるべきだわ！　その場しのぎの嘘なんて特に、絶対にいつかバレるのよ。その時が来たらルノーさん、どうやって信頼《しんらい》を取《と》り戻《もど》すの？」

石鳥獣《ガーゴイル》が脱走《だっそう》した時もそう。ルノーさんは施錠《せじょう》を怠《おこた》った責任を、私に押しつけようとした。

「ルノーさん、ヴィル博士の居場所をご存知なんじゃないですか？」

「し、……知らない」

「私は知ってますよ。今あなたが出てきた部屋。そこにいらっしゃるんじゃないですか」

「新入り、お前……」

「そう、あなたが昨夜捕らえたという竜。それが、ヴィル博士なんでしょう？」

彼の告白を待つ時間すら、私には惜《お》しいと感じられる。

「ルノーさん、あなたはまず、ミミからヴィル博士の正体が竜であると聞いた。もしも新薬で擬態《ぎたい》の解除ができ、さらに捕らえることができたなら、その手柄《てがら》はあなたのものになるとミミに乗せられたんでしょう？　そこであなたは適当な理由をこしらえて、自分の当直の夜に博士を呼び出した。そして新薬と麻酔銃を使用して、擬態が解けて竜の姿に戻《もど》った博士を捕らえたのよ」

私の話を、ルノーさんは否定しなかった。

「りゅっ、竜は研究対象だ、見つけたら捕獲するなんぞ至極《しごく》当然のことだ！　竜も擬態できるなんて知らなかったが……どっちにしろ、結果オーライだろうが！」

「十九年前に捕らえた竜は、ろくに飼育もできないまま短期間で死なせてしまった。今だって鎖に繋《つな》いで湿っぽい実験室に閉じ込めるばかりで、昔と変わってないじゃない！」

「……だからなんだよ！　お前に俺の気持ちなんか分からないくせに！　書いた論文は軒《のき》並《な》み不採択《ふさいたく》だし、ようやくできた後輩《こうはい》も、さんざんいびってやるはずが博士に可愛《かわい》がられるし！　俺だってみんなに認められたかった！　チヤホヤされたかったんだよ！」

私はじりじりとルノーさんに迫っていった。靴《くつ》の音が近づくたび、彼は目を瞑ったまま後ずさりする。

「あなたのやり方は間違《まちが》ってる。手段を選ばないなんて、絶対あってはならないこと。研究者なら、もっと真摯《しんし》に目の前の問題に取り組むべきだった」

「や、やめろ！　アスプで俺を眠らせる気だろう⁉」

「邪魔《じゃま》をしないでって言っても、無理でしょう？　だったらこうするしかないんですよ。大丈夫《だいじょうぶ》、痛くありませんから。……と推測します」

頑《かたく》なに目を開こうとしない彼の顔前に、私はアスプを覗《のぞ》かせた。口から二股《ふたまた》の舌を伸《の》ばしルノーさんの頬《ほお》をくすぐった瞬間、彼は驚きのあまり悲鳴とともに目を開けた。

そして、アスプと目が合った瞬間《しゅんかん》、昏倒《こんとう》するように眠りに落ちる。

「……ふう」

ルノーさんを廊下の端《はし》に片付けてから――そうしないと扉が開けられないので――、ようやく私は竜のいる実験室の扉を開いた。

今朝会った時には視線が定まらず朦朧《もうろう》としていた彼も、ようやく覚醒《かくせい》したのだろう、音に気づいて顔を上げた。私は彼に「すぐ助けてあげますから」と呟《つぶや》いて、エサースロンに指示を出す。

「これが最後のお願い。ここの檻の鍵を開けて、彼の首輪と足枷《あしかせ》も外して欲しいの！」

もともとここは大型幻獣用の実験室だ。小さな彼らにとっては、鉄格子《てつごうし》の間をすり抜けるなど造作もない。数匹が檻の解錠に取りかかり、その他は首輪と足枷に群がった。

エサースロンの数は、またしても増えていた。楽しそうにワイワイ話しながら、大きな鍵穴《かぎあな》に手を突っ込んだりして着実に一つ一つ外していく。動くたびに、キラキラと鱗粉《りんぷん》みたいな光が舞《ま》った。竜は抵抗しなかった。吼えるでもなく、威嚇《いかく》するでもなく、ただ我が身に起こっている事態を不思議そうに見つめていた。

「助けにきたんです」

戸惑《とまど》う竜――ヴィル博士――に、私は言った。

「私、覚えています。あなたは今から十三年前、私に血を分けてくれた竜でしょう？　再会をずっと待ち望んでいたけど……こんな形は、私が望んだものじゃない」

前肢《まえあし》、後ろ肢、首。大きくて黒い金具が外れて落ちた。床の煉瓦《れんが》が衝撃《しょうげき》で割れる。

檻の鍵も外れた。

私は彼が出やすいよう、両手で鉄格子の扉を開いた。

「逃げてください。今逃げれば、十九年前と同じ轍《てつ》を踏まずに済む。だから――」

竜が立ち上がる。高い天井《てんじょう》だと思っていたが、それでも立位姿勢になれるほどではないようだ。

頭を下げ、のそりと檻の出入り口をくぐった竜を、私は外へ誘導《ゆうどう》した。

「……君はどうするのだ？」

十三年ぶりに聞く竜の声。低く、あたりに響《ひび》くような声。私の記憶《きおく》の中にあったままの声だった。感動のあまり、涙《なみだ》がじんわり湧《わ》いてくる。

そして、やはり、博士の声に似ている気がする。

「私は残ります」

屋根のない場所に出ると、竜は大きな翼を広げた。飛膜《ひまく》がピンと張られ、数度の羽ばたきで地面に風が巻き起こる。

十九年前に捕獲した竜も、重さは「トン」を超《こ》えていた。この竜も目測そうだろう。これだけの体を宙《ちゅう》に浮《う》かせるのに、二枚の翼だけというのでは物理法則に反してしまう。私には、人知を超えた「魔法《まほう》」の力としか思えない。

「ひとまず、エリクサーの作用が消失するまでどこかに身を隠してください。私は大丈夫、この騒動《そうどう》の主犯だとは分からないようにして……ギャッ!?」

竜の正体はヴィル博士だ。もしも再び人間に擬態し研究所所長として戻ってくるつもりなら、いったんその巨体《きょたい》を隠す必要があるはずだ。そう思ってのことだったのに、私の言葉が終わるのを待たず、竜の前肢に捕らえられ、否応《いやおう》なしに空中へと連れ去られた。

空の旅は、たぶんとても不快だった。

高度が上がるたび、羽ばたき一つするたびに、内臓に重力がかかるので、私は胃がひっくり返るような感覚に陥《おちい》った。慣れる間もなく気を失ったのは、ある意味幸運だったといえる。

気づいた頃《ころ》にはすでに明け方。私は竜の腹を枕《まくら》にして眠っていた。

竜は恒温動物《こうおんどうぶつ》だ。タイルのような手ざわりの鱗《うろこ》は温かく、呼吸に合わせて上下している。

「起きたか」

「……お、おはようございます」

朝日が昇《のぼ》ってまだ間もないのか、草木は朝露《あさつゆ》に濡《ぬ》れ、白い靄《もや》があたりを包んでいる。

場所は……よく分からないが、どこかの森の中だと思われた。人間の生活音もしないので、深奥《しんおう》かもしれない。その巨体を隠すため、人里離《はな》れた森の中にまで飛んできたのだろう。

太陽の光が射《さ》す中で、私は改めて竜を見た。鱗はいくつか割れて剝《は》げて、ところどころ出血している箇所《かしょ》もある。特に足枷をつけられていた後肢《こうし》付近と首は、抵抗《ていこう》した時かせん妄《もう》状態の時にでもつけてしまったのだろう、悲惨《ひさん》な傷が残っていた。

「……痛そう」

「舐《な》めておけば治る」

血の大半は乾《かわ》いていたが、赤黒くなって鱗にこびりついたまま。

猫が尻尾《しっぽ》を揺《ゆ》らすように、竜は翼を軽く動かした。その時、飛膜にも傷を負っていることに気づいた。もしかしたら、捕獲時には軽微《けいび》だった傷が、私を抱《かか》えて空を飛んだために、裂《さ》けて悪化してしまったのかもしれない。コウモリの飛膜は、破れても栄養と休息により素早《すばや》く元通りに治るが、竜の飛膜はどうなのだろうか。

「……ごめんなさい」

せっかくの美しい体が、心ない扱いによって傷ついてしまった。たとえそれが私のせいではないとしても、謝《あやま》らずにはいられなかった。

「無理やり捕らえて、無理やり檻に入れて、自由を奪《うば》い死にゆくのをじっと観察するだなんて、酷《ひど》いことだと思う。あなたに恋《こい》をして、あなたをもっと知りたくなって竜の研究に憧《あこが》れて、だから研究者を目指したけど、……この扱いは間違ってる」

生息数が多いから。栄養が豊富だから。或《あ》いは、害獣《がいじゅう》だから。

人間にだけ好都合な理由で乱獲《らんかく》され、これまでにどれだけの動植物が絶滅《ぜつめつ》したことか。

それはきっと、幻獣についても言えるはず。研究のため、社会の発展のためと謳《うた》ったとしても、命を粗末《そまつ》に扱っていいわけがないのだ。

きっと、これから先、たくさんの幻獣が犠牲《ぎせい》になって、それを悼《いた》む人が増えなければ、世の中は変わっていかないだろう。でも、それでは遅《おそ》い。幻獣の個体数が減る前に、幻獣と関わる最前線の私たち研究者が、新たな関係を提案していくべきなのだ。

竜は何も言わなかった。その代わりなのか立ち上がったので、私もつられて立ち上がる。

「南にまっすぐ数キロ行けば、人の住む集落がある。そこで助けを呼べ」

「あなたは？」

「……私は私のしたいようにする。ティ……お前には関係ない」

「あなたも一緒《いっしょ》に行きましょう。あなたの傷の手当てがしたいんです」

彼がプイッとそっぽを向く。……ちょっと面白《おもしろ》くなってきた。

「竜を人里に連れていけば、どうなるか分かっているだろう？　私は行かない。だからここでお別れ――」

「博士」

私は彼の言葉を遮《さえぎ》った。

一瞬《いっしゅん》止まった竜が、ギギギ、と錆《さ》びたブリキみたいにゆっくりこちらを振《ふ》り返《かえ》り、ぎこちなく私の顔を見た。

「ヴィル博士、でしょう？　私、知ってるんですよ、あなたの正体が、ヴィルヘルム・フロイデンベルク博士だってこと」

きっと彼は、今の今まで正体がバレていないと思っていたはずだ。そうでなければ、あんなつれない仕草をするわけがない。

私と彼は、目を合わせた。固まったまま動かない博士に私はたまらず噴《ふ》き出《だ》した。

「いつもなら『ティナ、ティナ』って私のそばに寄ってくるくせに。どうして今日はそうやって私から逃げようとするんですか、せっかくこっちから近づこうとしているのに」

言葉も、普段《ふだん》より突《つ》き放《はな》した言葉を選んでいるのが分かる。博士としては「竜」を演じているのかもしれないが、そう考えたら滑稽《こっけい》で可笑《おか》しくて、やっぱり私は笑ってしまった。

「……いつから気づいていた？」

「友人のミミに『あなたなんにも知らないのね』って笑われて、地下書庫の、鍵の掛かった部屋に入りました。あ、鍵は壊《こわ》れていますから、戻ったら修理することをおすすめします。私より先に侵入したミミがやったんですからね、私じゃありませんからね。色々過去の記録を見たり、博士がこれまでにおっしゃったことを繋ぎ合わせて……それで気づきました」

観念《かんねん》したのか博士は「そうか」とだけ言って、再びその場に居直った。

「だから、私に年齢《ねんれい》を教えてくださらなかったんですね」

「君には嘘をつきたくなかった。千五百までは私も真面目《まじめ》に数えていたんだが、その先はもう面倒になった。だから、自分のことながら正確な年齢が分からないんだ」

普段の喋《しゃべ》り方に戻ったが、竜の姿では博士の声がいつもの何倍も低く聞こえる。正直、あまり似合っていない。

「博士の写真嫌いも、正体がバレることを避けるための方便《ほうべん》だったんですね。……といっても、研究所史にはバッチリ写っていましたけど。ダメじゃないですか、あんなの『気づいてくれ』と言っているも同然ですよ」

「いや……申し開きのしようもないが、職業病というか、一研究者として記録を残しておきたくてだな」

正体を隠しておく方がはるかに大切なことなのに、博士ときたら世話がない。でも、彼も後悔しているのだろう、それ以上の言い訳を重ねることはしなかった。

「こんなに大きな秘密を抱えていたんだ。私のことを軽蔑《けいべつ》するか？」

「いいえ。むしろ、博士は会話の中で、私にたくさんのヒントを与えてくれていたじゃありませんか。それなのに私ときたら、鈍感《どんかん》で、最後の最後まで気づかなくて……。ところで博士、元の姿には戻らないんですか？　元の姿というか、人の姿というか。普段が擬態している状態なら、今のその姿の方が、元の姿ということになるのかな。それとも、まだエリクサーの作用が？」

「いや……すでに薬は切れているが」

それにしたってあの新薬、どれだけ強力だったのか。竜ほどの巨体にも作用するとは、一体なんの擬態の解除を想定して作られたのか、或いは想定不足だったのか。

「じゃあ、元に戻ってくださいよ」

「本当に？　本当に、今ここで？　擬態してもいいのか？」

博士は疑い深く何度も私に確認《かくにん》する。

「はい。今の姿が嫌《きら》いというわけではなくて、もっと見ていたいと言えばそうなんですけど……見上げるのが辛《つら》いのと、今の博士は体が大きい分、声も比例して大きいから」

私はあたりを確認するように、周囲を見回した。

こんな早朝の森の奥《おく》だ、見物人なんていないだろうが、万が一ということもある。

「そうか。ティナが言うことももっともだ。しかし……本当にいいんだな？」

「はい。いいから早く、どうぞどうぞ」

そうしてようやく立ち上がり姿勢を正すと、博士は目を瞑って空を仰《あお》いだ。すると、竜の全身が淡《あわ》く発光し始めた。あっという間に光が増し、あまりの眩《まぶ》しさに私は咄嗟に目を閉じた。瞼越しに光の収束を確認してから目を開けると、すでに博士は人間の姿を取り戻していた。

「やっぱり竜の正体はヴィル博士で間違いな…………ぜ、全裸《ぜんら》っ!?」

私は慌てて彼に背を向けた。……もう見てしまったけれど。

「いやあ、だってティナがいいって言うから。当然だろう？　竜の姿で着ても破れない服など存在しないし、服は肉体の一部でもないし」

草を踏《ふ》む足音が、背後から近づいてくる。

「ち、ちちち近づかないでっ！」

「せっかく君の願い通りの姿になったというのに、酷い扱いだな」

何か彼に羽織《はお》らせるものはないかと周囲を見回したが、当然ながらここは森の中。そんなものあるはずがない。

だが、ハッとして私は着ていた白衣に手をかけた。まごつきながらボタンを外し、ぐしゃぐしゃに脱《ぬ》いで後ろ手に渡す。

「は、白衣っ！　私の白衣、博士にはちょっと小さいと思いますけど、とりあえずこれでも着てください！」

じゃないと、目の毒だ。脳裏《のうり》には博士の肉体美とアレが焼きついている。

「夢にまで見た、ティナの脱ぎたての白……いや、なんでもない。ありがたく頂戴する」

彼の発言を咎《とが》める余裕などなく、とにかく早く肌を隠せと祈る。シュルシュルと衣擦《きぬず》れの音が聞こえるあたり、ちゃんと着てくれているのだろう。博士の合図で恐る恐る振り返ると、裸《はだか》に白衣を纏《まと》っただけの、怪《あや》しい人――ヴィル博士――が出来上がっていた。

袖《そで》も丈《たけ》もちんちくりん。肩《かた》の線は合っていないし、裾《すそ》からは膝《ひざ》が見えている。もちろんその下は男らしい筋肉のついたふくらはぎが見えているし、さらに、裸足《はだし》だ。しかし顔は、

うわぁ…

とびきり美しいときたわけだ。方向性が全く分からない。

「うわあ……紛《まぎ》れもない変質者だわ」

「照れるね」

「褒《ほ》めてません！」

この姿でどうしてここまで堂々としていられるのか、彼のメンタルが理解できない。

人間の姿に擬態しても、博士の首と手首足首には、痛々しい傷跡《きずあと》が残っていた。皮膚《ひふ》が赤く鬱血《うっけつ》しているだけならまだしも、酷い擦《す》り傷《きず》のようなところや、まだ乾いていない血がヌラヌラと光っているところもある。

「……痛そうだわ」

「大丈夫。竜は不老不死といわれているだけあって、生命力も群を抜《ぬ》いて強い。この程度の傷なら、明日にはもう治っているはずだ」

「……あの、博士。ちょっと聞いてもいいですか？　なぜ博士は竜なのに、正体を隠し危険を冒《おか》してまで、竜の研究をしていたんですか？」

彼は俯《うつむ》いて少し考えたあと、答えた。

「寂《さび》しかったんだよ」

「……寂しかった？」

「竜の個体数は少ない。人間や、その他の幻獣とも比べ物にならないくらい、少ないんだ。

一個体の寿命が長いから、その分神様が『数は少なくてもいいや』と最初からたくさん生み出してはくれなかったんだろうね。……長すぎる生は、毒だというのに」

博士はおどけて明るく言うが、言葉の裏にある悲壮感《ひそうかん》が、私にも確かに伝わってくる。

「私には同族の仲間が少なすぎたんだ。だから自分のことすら分からなかった。ならばいっそのこととことんまで調べてやろうと思い、人間に擬態してルルイエ幻獣研究所を作った。人間なら数も多いし、手伝ってくれるだろうと思ったからね。私は純粋《じゅんすい》に、竜のことが知りたかっただけなんだ。知って、いつか仲間を見つけたかった」

博士が岩の上に腰《こし》を下ろした。角度的に白衣の裾から見えてはいけないものが見えそうだったので、私は二、三歩横にこっそりずれておく。

「最初は本当に楽しかった。竜の化石を調べたり、他の動物や幻獣から、竜に紐《ひも》づく発見があったりして。……しかし、月日が流れ研究が人々に知《し》れ渡《わた》るようになるにつれ、研究成果を社会に還元《かんげん》しようとする者が出てきた。私は元々人間ではないし、社会貢献《こうけん》などうでもよかったのに」

社会貢献、または発展。今でも研究において、よく叫《さけ》ばれている言葉だ。

「十九年前、一頭の竜に出会った。彼は名をグライシスと言った。彼は長く仲間を探していた私が、初めて出会った同胞《どうほう》で、竜にしては警戒心《けいかいしん》が弱く、捕獲されたのも人間の集落に程近い場所だった。配偶者《はいぐうしゃ》である竜を安全な地に置いてきていたのは賢明《けんめい》だったかもしれないが、人間に捕らえられずとも、伴侶《はんりょ》を失った竜は寂しさに負けて衰弱死《すいじゃくし》してしまう。きっとグライシスの伴侶も、帰ってこない彼を想い、独りひっそりと死んだのだろう」

淡々と話すヴィル博士だが、その様子がかえって痛々しい。

「当時、彼の野生復帰に賛同したのはごくわずかな研究員だけだった。大多数の部下と後援者《こうえんしや》は、私が竜の飼育が困難なことをいくら訴えても聞く耳を持たず、そうこうしているうちに、グライシスは天に召《め》されてしまって……」

私には、なんと言葉をかけていいのか分からなかった。過去を語る博士の顔がとても辛そうに見えたから――いくら変な格好をしていようとも――。

「竜はただでさえ希少種だ。死体であっても同様。だから彼の亡骸《なきがら》を、研究者としての体面上『そのまま森に埋葬《まいそう》しよう』と言い出すことができなかった。せめてもの償《つぐな》いに、彼の死を無駄にしないよう、彼の体から分かったことを全て論文にまとめて発表した」

「雑談の際、幻獣について博士は私の知らないことをたくさん教えてくださいました。でも、論文にしていないのは……ここ十年以上、竜に関する新たな論文を発表していないのは、その一件が尾《お》を引いているから？」

「そうだよ。……辛いんだ。もうあんな経験はしたくない」

かける言葉が見つからない。博士もその竜も番《つがい》の竜も、誰もみなもかわいそうだった。

「君に出会ったのは、そんなこんなでちょうど自暴自棄《じぼうじき》になっていた頃だ。番う相手はおらず、せっかく出会った仲間も死んで、私は寂しくてたまらなかった。幼い君は、私の肉が食べたいと言った。体が弱いから、私の肉を食べて、丈夫《じょうぶ》になりたいと自分勝手に言い放った。君の事情など、正直私には関係がない。けれど、あまりにも君が光に満《み》ち溢《あふ》れていたから。前にもちらっと話したが、その時私は気まぐれに、君を信じてみたくなったんだ。この子なら、私の寂しさを埋《う》めてくれるのかもしれない、とね」

そういえば博士は、竜は「寂しがりやだ」とよく口にしていたが、もしかしたら博士自身のことも含《ふく》むのかもしれない。寂しくて、それで私……をどうしたのだろう？　結果として血を交換《こうかん》したけど、それだけ。次に博士と再会したのは、十三年も経てからだ。

「最後にちょっとだけ欲を出してしまったが、私は後悔《こうかい》していない。ティナ、私は君をずっと変わらず愛しているよ」

欲、とはなんのことなのか。しかし、私が質問するより先に愛の言葉を続けざまに囁《ささや》かれて、それどころではなくなった。

「この少女と一緒なら、この少女が私の隣《となり》にいてくれたら、私は寂しいと感じることはないのではないかと思ったのだが……幸運なことに、あの時の判断は正しかった。おまけに、悩《なや》んでいた研究所の方向性も、君のおかげで見つかったよ」

博士は最初の印象ほど、変人ではないのかもしれない。ただ、元が竜だから、人間と少し「ズレ」があるだけで。本当は、まっすぐで、純粋で、一途《いちず》で――。

「け、研究所の方向性？」

頬の熱を冷ましたくて、愛だの恋だのから離れそうな話題に私は即座に飛びついた。

「それはまた、近いうちにでも。十九年前の私にも、君ほどの行動力があれば、仲間を助けられたかもしれないな。……とにかく、まずは一度出直そうか。私にはこの格好も開放的で快適なのだが、君が目のやり場に困っているようなのでね。どうせ近い将来、裸程度では動じない仲になるというのに」

「やめてください」

「君がつい先ほどまで着ていた白衣を今、私が素肌《すはだ》に纏っているという点も、改めて考えるとたいへん興奮してしまう要素だな」

「だな、じゃありません！　やめてください完璧《かんぺき》な変態です、早く帰りましょう！」

エピローグ　血の契約の意味

竜《りゅう》の捕獲騒動《ほかくそうどう》から二カ月が経過した。

あの時捕獲した竜は、ヴィル博士が自ら放獣《ほうじゅう》したということになった。研究所内外からは散々な非難《ひなん》を受けたが、博士は十九年前に捕獲した竜を例に挙《あ》げ、貴重な幻獣《げんじゅう》の生命や生態系を害してまで進めてよい研究はないと、堂々と主張したのである。それと同時に、ルルイエ幻獣研究所は、これからは幻獣の保護と繁殖《はんしょく》に関する研究を主題にして取り組むと、研究所としての所信《しょしん》まで表明してしまった。

とはいえ研究所は平穏《へいおん》を取《と》り戻《もど》したとはまだ言えず、組織再編や態勢の大幅《おおはば》な変更《へんこう》などで、慌《あわ》ただしい日々が続いている。

ヴィル博士の正体を知っている者は、私を除いて二名。ミミと、ルノーさん。

兄さんの気を引きたいがために裏で画策《かくさく》したミミだったけれど、私に一通の手紙を残し、彼女《かのじょ》は実家に戻《もど》ってしまった。手紙には、博士の正体を兄さんに伝えていないことと、今後誰《だれ》にも言うつもりはないことが記されていた。

仲直りしたかった私は、その後彼女の実家を訪ねたが、ついぞ会うことは叶《かな》わなかった。おそらくミミには心の整理をする時間が必要なのだろう。私の気持ちを手紙に綴《つづ》って送ったから、彼女からの音沙汰《おとさた》を待つくらいしか私にできることはない。

一方のルノーさんはというと、以前と変わらず研究所に勤めている。ヴィル博士がルノーさんとどういった会話をしたのか、詳細《しようさい》を私は知らないけれど、博士の正体を明かさなければ研究所にいてもよいと、そのような脅《おど》し半分の取引をしたのだとは聞いた。

幻獣の擬態《ぎたい》を解除する新薬エリクサーの開発は、陽《ひ》の目を見ぬまま凍結《とうけつ》となった。研究所自体の運営方針の変更も影響《えいきよう》し、現時点では問題が多すぎるという結論に達したのだ。私の濡《ぬ》れ衣《ぎぬ》は結局ルノーさんの見間違いということで晴らされ、盗難自体は今では迷宮入り扱いだ。そして組織再編によりコックス研究室は解散、また一からの出直しである。

最後に、私。

兄さんが勝手に提出したという辞表《じひよう》は、結局行方知れず《ゆくえし》のまま。もしかしたら私を騙《だま》すための兄さんの虚言《きよげん》だったのかもしれない。妹の食事に洗剤《せんざい》を混ぜるような兄だ、邪推《じやすい》するくらいでちょうどいい気がしている。

「ヴィル博士！　こ、これはエシルの、幻のバターケーキじゃありませんかっ！」

「よく知らないが、美味《おい》しいと評判だと聞いてね。どうかな、気に入ってくれた？」

「当ったり前です！　ああ、これ、ずっと食べたかった……スポンジの層が……ああ、なんて濃厚《のうこう》なクリームなの……！」

私と博士は相変わらずだ。時折コッソリ所長室にお邪魔《じゃま》しては、こうして甘《あま》いものをご馳走《ちそう》してもらっている。博士は忙《いそが》しいはずなのに、いつも笑顔《えがお》で迎《むか》えてくれる。

事あるごとに私の白衣を着ようとしてくる――しかも脱《ぬ》ぎたてホヤホヤのものを――のは本当にいい加減にしてほしいところだが、ケーキで釣《つ》られたら悔《くや》しいことに釣り上げられてしまうのだ。

「ティナは本当に美味しそうに食べるね。君のその姿を見ているだけで、私は心が癒《いや》されるよ。本当に、君と結婚《けっこん》してよかった」

「してません。してませんから！　なに勝手に既成事実《きせいじじつ》に仕立て上げようとしてるんです賄賂《ケーキ》を貰《もら》ったからといって、私は決して流されない。隣に座るのを許すのが限界。

「何度も言っているだろう、私は君を愛していると。だからこうして給餌行動《きゅうじこうどう》を繰《く》り返《かえ》すのだし、君だって受け入れているじゃないか」

「人間の場合、給餌行動と求愛行動は必ずしも一致《いっち》しません」

「……なんだって？　知らなかったな、新たな問題発生だ」

ヴィル博士は人間ではない。だからこそ、愛情表現がズレている。

「人間に求愛する場合、どのようにするのが最適なんだ？　ティナ、見解を聞かせてくれ」

そのくらい自分で考えてよ、と思うけど、竜には難しいことなのかもしれない。そこで私はちょっとした意地悪を思いつく。

「博士、今でこそ言いますが、そもそも私がミミに博士のことや新薬のことをペラペラ喋《しゃべ》ったりしなければ、危険な目に遭《あ》わなくて済んだのでは？　お喋りでトラブルメーカーな私と今後も一緒《いっしょ》にいるなんて、不安要素が大きすぎるのでは？」

「いいや、ティナに落ち度は全くない。騙《だま》された私が原因だ」

しかし博士は動じない。

「それに、たとえ君に売られたとしても、どんな酷《ひど》い裏切りを受けても、私は君を想《おも》わずにはいられない。君が私よりも早くこの世を去ってしまうこと以外であれば、何をされても私は許すだろう」

「ヴィ、ヴィル博士……」

竜というのは不老不死だといわれている。死とは遠い存在であるからこそ、深い孤独《こどく》を抱《かか》えているのだろう。そして、どうあったって人間の私は竜である彼《かれ》より先に死んでしまう運命にある。結局、あと数十年で彼はまた、ひとりぼっちに戻るのだ。

私は彼を想った。彼の寂《さび》しさ、彼の孤独――。

気がつけば、私は彼の手に自分の手を重ねていた。あれだけ「私の隣《となり》に座《すわ》らないでください」と彼を拒《こば》み続けていたにもかかわらず、今日ばかりは私から彼に近づいてしまった。

「ティナ……？」

私が自ら彼に触《ふ》れるなど、これまで一度もしたことがない。けれど、彼を慰《なぐさ》めてあげたくなった。寂しいと言うならこの命が尽《つ》き果《は》てるまで、私がそばにいてあげたいと、自然とそう思ってしまった。

彼に温《ぬく》もりを分《わ》け与《あた》えたい。……いや、もしかしたら、私の方こそ彼の温もりが欲《ほ》しいのかもしれない。もうこの際、どっちだっていいか。

彼がとんでもなく儚《はかな》い生き物に見えた。こうやって触れておかなければ、すぐにでも砕《くだ》け散《ち》ってしまいそうなほど、脆《もろ》いものに見えたのだ。

「ヴィル博士……わたし……」

「ありがとう」

言いたいことがまとまらなかったが、彼は何かを察してくれたのだろう、小さなお礼の言葉とともに、その腕《うで》が背中に回った。フォークを置いて、私も彼を抱《だ》きしめ返す。

押しつけられた厚く熱い胸板からは、心臓の音がよく聞こえた。心拍数《しんぱくすう》は百六十くらい、全速力で走った時みたいに速かった。

「……ティナ」

彼が腕をゆるめたので、私も同じく腕をゆるめる。

——顔が近い。

「ティナ、泣くな。私は君に笑っていてほしいんだ」

「な、泣いてなんかっ」

「いいや、泣いてるよ」

彼の指が、顔に触れる。涙《なみだ》を拭《ふ》き取《と》ってくれたのだ。

「博士……」

吐息《といき》を肌《はだ》で感じられるくらいの距離《きより》。伏《ふ》していた目を、私はゆっくり上げていった。

博士のアイスブルーの瞳《ひとみ》が、色気を放ちながらまっすぐ私を見つめている。

頬《ほお》から、顔の稜線《りようせん》をなぞって、顎《あご》へ。人差し指の腹でそっと顎を上に向かせて、私は彼が求めるまま、――

「……ティナ、この接触《せつしよく》は結婚の合意ということでいいかな？　それとも先に生殖行為《せいしよくこうい》をご所望《しよもう》か？」

「……は？　け、けっこん……？　せい、しょく？」

沸騰《ふつとう》していたはずの頭が、瞬間冷却《しゆんかんれいきやく》された気分。私はそこで、我に返った。

「私を夫として認めてくれたからこそ、こうして触れることを許してくれているのだろう？」

ああ、もうっ！　完全に雰囲気《ふんいき》ぶち壊《こわ》しだ。

今は確実に、キスをする流れだったはずなのに。

……は？　キス？　私と博士が、キス!?

……危なかった、雰囲気に呑《の》まれるところだった。しかもここは職場である研究所の所長室。こんな公《おおやけ》な、いつ誰が来てもおかしくない場所で、逢《あ》い引《び》きのような真似《まね》をするなど。なんて破廉恥極《はれんちきわ》まりないことか！

私は弾《はじ》かれたように立ち、慌てて博士と距離を取った。

「ちちちち違《ちが》います！　断じて!!」

「我々はすでに相思相愛なのに？」

「そ、そうしそうあい!?　だからどうして――」

「実験室から竜の私を逃してくれたあと、君は私に恋《こい》をしたと告白してくれたじゃないか。『あなたに恋をして、あなたをもっと知るために竜の研究に憧《あこが》れて、だから研究者を目指したけど、云々《うんぬん》……』とね。間違《まちが》いない、君の言葉なら一言一句《いちごんいっく》全て私の頭に入っているからね」

一言一句というあたりに、ヴィル博士の変態ポテンシャルの高さを感じる。

「あっ……あ、あれは、竜のあなたに恋をしたのであって、ヴィル博士のことでは！」

どっちにしたって、あの竜とこの変態は同一人物なのである。言い訳をまくし立てながらも、どんどん顔が熱くなっていった。

博士の顔を見ていられなくて、この茹《ゆ》で上《あ》がった顔を見られたくなくて、とうとう私は彼に背を向ける。

「ティナ」

彼が私の左手を取った。手のひらを上に向けて、私の手首をペロリと舐《な》めた。

「な……っ！」

何をするんですか、と抗議《こうぎ》しようとして、ふと私はあることを思い出す。かつてもこんなことがあったような気がする、と。

私が腕を差し出して、ピリリと小さな痛みが走って、そこ――ちょうど今、博士が舐めたところ――から血が出て。そう、竜と初めて出会った時だ。

「竜が大好きなティナは知っているかな？　知らないなら教えよう、血を交換《こうかん》するというのは、竜族にとっての『結婚』を意味するんだよ」

「そ、それが一体――」

「竜王と番《つが》う者は、どんな生物でも構わない。竜は生命の始まりであり、全ての生命に繋《つな》がっているから」

昔の記憶《きおく》が甦《よみがえ》る。

幼い頃《ころ》、森の中で出会った竜に肉を分けてくれと頼《たの》んだところ、「一方的にあげるのでは不公平だから、君からも少しだけ貰いたい」と言われ、快諾《かいだく》してしまったことを。

竜は私の手首に何かの魔法《まほう》を施《ほどこ》し、血が流れた。それを竜が舐めとった。

そのあと、竜はなんと言ったか。長年忘れていた言葉を、私は今、この時になって鮮明

に思い出した。

——もうよかろう。これでお前……ティナの体は風邪《かぜ》一つひかない丈夫《じょうぶ》な体に生まれ変わった。そして我らの『結婚』の契約も、無事交《か》わされた——

さあぁと血の気が引くようで、でも、恥《は》ずかしさに全身が燃え上がるようで。

「その前に、竜『王』？　博士が王？　……待って、まさか、まさか私……」

知らないうちに、私は竜と……ヴィル博士と、結婚の誓《ちか》いを交わしていたの⁉

「だから言ったろう、君は私の妻……竜らしく表現するなら、私の『番』であると」

ようやく気づいてくれたなと、博士はご満悦《まんえつ》でニコニコ私を見上げている。

「さあ、これからは準備で大忙《おおいそが》しだな」

「じゅんび……？　いったい、なんの……？」

「決まっているだろう、私たちの結婚式《けっこんしき》だ。式場の予約に、ドレス、招待状……楽しみで仕方がない」

ウキウキしている博士を前に、青くなって私は叫ぶ。

「待って博士っ！　こ、この結婚は、なかったことにしてくださいっ！」

おしまい

あとがき

本書を手に取ってくださり、どうもありがとうございます。葛城阿高《かつらぎあたか》と申します。

今回は初めての書き下ろしということで、大変ドキドキしています。どうでしょう、面《おも》白《しろ》かったでしょうか。もしかして、あとがきから目を通すタイプの方でしょうか。個人的には面白く仕上がったと自負しているのですが（強気）、読者の皆様《みなさま》におかれましても、楽しんで頂けますと嬉《うれ》しく思います。

今作の執筆《しっぴつ》中、我《わ》が家《や》には嬉しい出来事がありました。それは、家族が増えたことです。第二子から六年半あけて、第三子が生まれました。久しぶりの赤ちゃんが、もう、可愛《かわい》くて可愛くてたまりません。

三人目の出産ともなると、もう慣れっこの「プロ経産婦《けいさんぷ》」みたいに思われるかもしれません。少なくとも、これまでの私の中にはそのようなイメージがありました。

ところが、六年半のブランクは想像よりもはるかに大きく、いきみ方もいきむタイミングも忘却《ぼうきゃく》の彼方《かなた》に消え去っていました。分娩台《ぶんべんだい》の上でひとり大騒《おおさわ》ぎしていた時の、冷ややかな助産師さんの表情が今でも容易に思い出せます。「出産？　三時間切ってやりますよ。そう、葛城ならね」と余裕《よゆう》ぶっこいていたのに、結局二人目の時の倍以上の時間がかかってしまいました。

スポーツ選手が練習を一日休んだ場合、感覚を取《と》り戻《もど》すのに数日かかると聞いたことがあります。絵の世界でも同じような話を聞きますし、小説だってそうだと考えていましたが、今回、長いブランクを経ての出産を通し、その考えを強めるに至った次第《しだい》です。

当然ながら、私は今後も執筆を続けていく予定です。これからもたくさんの方々に楽しんで頂ける作品を生み出すため、ブランクを作らず日々努力していきたいと思っています。

読者の皆様におかれましては、引き続きご声援《せいえん》よろしくお願い致《いた》します。現状を維持《いじ》どころか、日毎《ごと》に上達できるよう、頑張《がんば》ります！　やってやりますよ、東洋のＪ・Ｋ・ローリン○に、私がなってやりますよ！（言い過ぎましたごめんなさい）

最後に、謝辞を述《の》べさせてください。

お声がけくださった担当様。毎度毎度的確なツッコミありがとうございました。ヴィル博士に「微笑《ほほえ》ましい素敵《すてき》な変態」、フレッド兄さんに「サイコパスくそ野郎《やろう》」という素晴《すば》らしいあだ名を付けて頂いたこと、忘れることができません。春《はる》が野《の》先生。ヒーローのキャラデザに「超絶《ちょうぜつ》美形でお願いします！」と注文をつけたにもかかわらず、完璧《かんぺき》にご対応くださり、ありがとうございました。校正様。ご指摘《してき》全てに膝《ひざ》を打たずにはいられませんでした。ご丁寧《ていねい》にチェックしてくださり、どうもありがとうございました。夫。いつも応援《おうえん》ありがとう。あなたの腓腹筋《ひふくきん》はいつ見ても惚《ほ》れ惚《ぼ》れします。子どもたち。宿題は言われなくてもしなさい。

関係者の皆様、そして本書を読んでくださった読者の皆様に、心より感謝申し上げます。

葛城阿高

■ご意見、ご感想をお寄せください。
《ファンレターの宛先》
〒102-8078 東京都千代田区富士見 1-8-19
株式会社KADOKAWA ビーズログ文庫編集部
葛城阿高 先生・春が野かおる 先生

B's-LOG BUNKO
ビーズログ文庫

■エンターブレイン カスタマーサポート
[電話] 0570-060-555（土日祝日を除く正午〜17時）
[WEB] https://www.kadokawa.co.jp/（「お問い合わせ」へお進みください）
※製造不良品につきましては上記窓口にて承ります。
※記述・収録内容を超えるご質問にはお答えできない場合があります。
※サポートは日本国内に限らせていただきます。

竜《りゅう》王《おう》サマ、この結《けつ》婚《こん》は なかったことにしてください！

葛《かつら》城《ぎ》阿《あ》高《たか》

2019年2月15日 初刷発行

◆アンケートはこちら◆
https://ebssl.jp/bslog/bunko/enq/

発行者 三坂泰二
発行 株式会社 KADOKAWA
〒102-8177 東京都千代田区富士見 2-13-3
（ナビダイヤル）0570-060-555
デザイン Catany design
印刷所 凸版印刷株式会社

ISBN978-4-04-735448-7 C0193

定価はカバーに表示してあります。